季語で読む 枕草子

西村和子
Nishimura Kazuko

飯塚書店

はじめに――『枕草子』の季節観

春夏秋冬をテーマとした和歌は、最古の歌集『万葉集』にすでに見られるが、散文による四季の自然描写は『枕草子』をもって嚆矢とすると言われている。誰もが知っている初段の一文である。

春は、曙《あけぼの》。やうやう白くなりゆく、山ぎはすこし明《あか》りて、紫だちたる雲のほそくたなびきたる。

清少納言が一条天皇の中宮定子に仕え、その文学サロンの中心的存在であったことを思うと、この文章には、座における前提条件があったことが想像できよう。万葉の時代に帝《みかど》が春秋のおもむきを競わしめたと同じように、平安時代のある日中宮が、春夏秋冬の一日のうちで一番おもむきのある時を、女房たちに競わしめた。その話題の中で出てきたのが、「春は曙」「夏は夜」「秋は夕暮」「冬はつとめて」という表現だ。
このきりりとした文章には、冗長な説明や言いまわしを避けて、エッセンスだけを抽出した美がある。

夏は、夜《よる》。月のころはさらなり、闇もなほ、螢の多く飛びちがひたる。また、ただ一つ二つなど、ほのかにうち光りて行《ゆ》くも、をかし。雨など降るも、をかし。

『源氏物語』が「あはれ」の文学であるのに対して、『枕草子』は「をかし」の文学であると言われているが、清少納言は螢を見ても、それを恋心やはかない命によそえて見るよりも、螢火や飛び様そのものに情趣を見取っていたようだ。当時の女性の教養の第一条件であった和歌が苦手だった清少納言は、和歌の世界の先入観や類想に囚われることなく、自分の感覚に訴えてきたことだけを、断定的に切り取っている。その小気味よさがまた『枕草子』の魅力だ。

秋は、夕暮。夕陽のさして、山の端《は》いと近うなりたるに、烏《からす》の、寝どころへ行《ゆ》くとて、三つ四つ二つなど、飛び急ぐさへ、あはれなり。まいて、雁《かり》などのつらねたるが、いと小さく見ゆるは、いとをかし。日入り果てて、風の音《おと》、虫の音《ね》など、はた、言ふべきにあらず。

このくだりは、まさに秋のおもむきをとり集めたものと言えよう。「秋の暮」という季題から私たち日本人が連想する景も情緒も、ここに行きつく感がある。

枯枝に烏のとまりけり秋の暮　　芭蕉

の句は、この系譜につながっている。

また、秋の夜長の虫の音に、しみじみとした思いを抱く私たちには、清少納言と同じ血が流れている。虫の音を雑音としか聞かぬ国の人々に、この「はた、言ふべきにあらず」は、どう説明すればいいのだろうか。

冬は、つとめて。雪の降りたるは、言ふべきにもあらず、霜のいと白きも、またさらでも、いと寒きに、火など急ぎおこして、炭持《も》てわたるも、いとつきづきし。

冬の早朝、まだ暗いうちに急いで火をおこして、寝殿造りの御所の渡り廊下を、貴人のもとへ炭を持って上る時、清少納言は最も寒気の中に生きる自分を実感したもののようだ。

ここのくだりは他の季節とちがって、純粋な自然描写だけでなく、人の営みが描かれていることに注目したい。雪の降った朝や霜の置いた風景美のみならず、その中で営まれる人の行為が、真冬の季節と時刻に似つかわしい、と言っている。他の季節とは違う素材なのだが、違和感はない。

それは、自然の中に生きる人間の、四季の巡りの中で営まれる行為として描かれているからだ。人間の存在や人為が、自然と対立する立場で描かれているのではない。このことは日本人の自然観や美意識を考えるのに重要なことであるかもしれない。

冷暖房設備など整っていない時代、京都の夏の暑さをしのぐために、当時の寝殿造りはどこへも風が行きわたるように建てられていたという。従って底冷えのする京都の冬の暮らしは、相当厳しかったものと想像される。それでも石造りの頑丈な家で、夜通しの吹雪から身を守らねばならない土地とは、根本的に自然条件が異なっていた。

炭を持って歩む渡り廊下には、庭の雪明りがほのかにさしていたことだろう。日本の文学や美意識は、そうした自然環境に生きた人々によって育まれてきたのだ。

一日のうちで最も寒い時刻を素晴らしい時としてあげた清少納言は、何事も中途半端なありようは嫌いだった。その炭火も、

昼になりて、ぬるくゆるびもていけば、炭櫃《すびつ》火桶《ひをけ》の火も白き灰がちになりて、わろし。


と言い切っている。

清少納言のこの気質を、さらによく表していると思われるのが百十四段。


冬は、いみじう寒き。夏は、世に知らず暑き。

というだけの段だが、冬は徹底的に寒いのがいい。夏は世に例のないほど暑いのがいい、というわけだ。

さらに夏と冬とに関しては、六十八段で、こんな風にも言っている。

たとしへなきもの
夏と冬と。夜と昼と。雨降る日と照る日と。人の笑ふと腹立つと。老いたると若きと。白きと黒きと。思ふ人とにくむ人と。同じ人ながらも心ざしあるをりとかはりたるをりは、まことに異人《ことひと》とぞおぼゆる。

たとしへなきもの――まったく反対でくらべようがないものとして、夏と冬との両極端をあげているのだ。同じ人でも、好きだと思っている時と、熱がさめてしまった時とは別人と思えるほど違う、と言っているのは実感がある。

さて、一日のうちでいつが一番素晴らしいかということがサロンの話題となれば、当然、一年のうちではいつが素晴らしいかしら、ということになる。それが二段目。

ころは、正月《しやうぐわち》、三月《さんぐわち》、四月《しぐわち》、五月《ごぐわち》、七、八、九月《くぐわち》、十一、二月《ぐわち》、すべて、をりにつけつつ、一年《ひととせ》ながら、をかし。

先ずお正月はすばらしい、三月もいい、四月だって捨て難い、五月も好き——あげてゆくうちに、七八九月と、次々にそれぞれのおもむきが思い起こされて、結局その折々につけて一年中好きなことになる、というのが面白い。

こうしてみると私たちはつくづく幸せな民族だと思う。それぞれの折につけて自然の様相が変わり、それぞれに耳目を楽しませてくれる。見聞きするものだけではない。季節ごとの味覚、鳥や虫の声、風や水の音、身につけるものの楽しみ……。自然と人事をひっくるめた折々のおもむきに思いを巡らせてゆくと、「一年《ひととせ》ながら、をかし」ということになるのは、今も同じだ。

ただ過ぎに過ぐるもの

帆かけたる舟。人のよはひ。春、夏、秋、冬。

たった二行の二百四十五段も、私たちの心を打つ。「一年」とか「月日」と言わず、「春、夏、秋、冬」と言っているところがいい。ここは「春夏秋冬」とひと息に音読するのではなく、ひとつひとつの季節を思い浮かべながら、ひとつひとつ区切って訓《よ》みたい。おそらくそうして書かれたものであろうから。

ここで言う春夏秋冬は、人の齢とわざわざ別にあげていることからも、歳月と時の流れと同意ではない。それぞれの季節のいいところを十分に味わい尽くさぬ思いを残したまま、いつも季節は過ぎ去ってゆく、そんな感慨がこめられていよう。

その、ただ過ぎに過ぎゆく折々のおもむきの粋を、清少納言は簡潔な文章で、この草子に書きとめていった。

目次

装幀　片岡忠彦
本文挿画　平田道則

季語で読む　枕草子

小豆粥——新年最初の望月

昔むかし、人々が月の暦で暮らしていた頃、元日は新月だったから月の光を見ることは決してなかった。「ついたち」とは「月立《つきたち》」のことで、この日から月はだんだん育ってゆき、三日月は三日の夜、半月を経て満月となるのが十五夜だった。

ところが西暦二〇一〇年の一月一日は、夜空に望月が皓々と照った。これは現代の私たちが太陽暦で暮らしているからで、江戸時代までの人々にとって「晦日《みそか》に月が出る」とは、あり得ないことのたとえだった。正月朔日《ついたち》の望月を、千年前に生きた清少納言が目にしたら、いったい何と言ったことだろう。

『枕草子』には正月十五日の望粥《もちかゆ》の節句《せく》のことが生き生きと描かれている。新年最初の望月を祝って米、粟《あわ》、黍《きび》、小豆《あずき》など七種類の穀物の粥を作り、一年の息災を祈って食べるならわしがあった。現在の小豆粥がこれである。

その粥を煮る時に使った木でもって女性の腰を打つと男の子が授かると言われていて、貴族の家に仕えている女房たちがすきあらばと狙っている。木で腰やお尻をひっぱたかれるのだから当然痛いが、縁起のいいまじないなので、この日ばかりは怒れない。打たれまいと絶えず後ろに気をつけてふるまう様子もおかしいが、ぴしゃりと叩かれて皆にどっと笑われてくやしがっているのさえめでたい華やぎが感じられる。

新婚のお姫さまなど恰好の的。狙われているのにも気づかずおっとり坐っていらっしゃるところへ、お茶目な女房が「ここについているものをお取りしましょう」なんて言いながら後ろに回ってぴしゃり。楽しげなどよめきが聞こえてくるようだ。

打たれたご本人は「ことにおどろかず、顔すこし赤みてゐたるもをかし」こんなところに新春らしいおもむきを感じ、おもしろがっていると同時に、ぽっと頬を染めたお姫さまの様子を讃えている。

「をかし」という言葉には実にさまざまの感興と思いがこめられている。おもしろい、おもむきがある、賞すべきだ、愛らしい、滑稽だ。滑稽と言っても、あざけり笑うのではない。一緒になって笑うような陽気な余裕から生じるおもしろみ。それが『枕草子』を貫いている魅力だ。

雪——香爐峯の雪

「降るものは　雪。霰《あられ》。霙《みぞれ》は、にくけれど、白き雪のまじりて降る、をかし」。清少納言は雪がとても好きだった。気に入らない霙でも白い雪がまじって降る点は見どころあり、と認めていたほどに。その積もり方も、檜皮葺《ひわだぶき》の屋根がすばらしいと讃えている。「すこし消えがたになりたるほど、また、いと多うも降らぬが、瓦《かはら》の目ごとに入りて、黒う丸《まろ》に見えたる、いとをかし」。天辺の棟《むね》瓦の黒と、うっすら積もった雪のくっきりした対比が目に見えるようだ。

また、降り続く雪の中を宿直《とのい》姿の若い官人たちが傘をさして宮中に通う姿も描かれている。蘇枋《すおう》色や漆黒の上衣に紫の袴、さらに下着のくれないや派手な山吹色を裾に覗かせて、傘を深く傾けて歩いて来る。平安朝の男たちはなんと鮮やかな装束を身につけていたことか。真っ白な雪に映えていっそう際立つ。そこへ横なぐりの雪。深沓《ふかぐつ》や半靴《ほうか》に巻きつけた脛巾《はばき》も雪まみれ。現代の私たちまで見とれてしまう光景だ。

一世一代の嬉しい思い出も「雪のいと高う降りたる」日のことだった。格子を閉ざしたまま炭櫃《すびつ》を囲んで、同輩の女房たちと物語などしているところへ、ご主人である中宮定子様がおいでになった。

「『少納言よ、香爐峯《こうろほう》の雪、いかならむ』と、おほせらるれば、御格子上げさせて、御簾《みす》を高く上げたれば、笑はせたまふ」

唐の白居易《はくきょい》の詩文集『白氏文集』に、

遺愛寺の鐘は枕を欹《そばた》て聴く
香爐峯の雪は簾を撥《ま》いて看る

とあるのをふまえた問答なのだ。自分の問いかけにすぐさま行動で応じた清少納言に、定子は我が意を得たりとにっこり笑った。その場にいた女房たちも、その詩は知っていたけれど咄嗟に格子を上げさせて簾を巻き上げ、雪景色を中宮にお見せするなど思いもよらなかった。やはりこの宮にお仕えする人はこうでなければ、と讃えた。

この自慢話は千年ののちまで鳴り響いている。雪晴れの光に照り輝く清少納言の得意満面が見えてくるではないか。

雪解け——残雪をめぐるやきもき

ある年の師走半ば、新暦で言うと一月末から二月初旬の頃、都に大雪が降った。中宮の部屋の前庭に大きな雪山を作って、これがいつ頃まで解けずにあるものか女房たちが予測し合っている。

「十日はあるでしょう」「いやもう少し」などと口々に言う。中宮に「どう思う」と問われた清少納言「正月の十五日まではあるでしょう」と答えた。いくらなんでも年内には解けるだろうというのが中宮をはじめとする大方の予想だ。言ってしまってから後悔したものの、彼女の性格上前言は撤回しない。

さあそれからというもの、庭の雪山が気がかりでならない。二十日ごろに雪が降ったものの雪山は無事に年を越した。元日の夜にはまた雪が降ってきた。やれ嬉しやと思っていたら、中宮は「新しく積もった分は掻き捨てよ」とおおせになる。あくまで公明正大にというわけだ。

そのうち中宮は内裏《だいり》に召され、清少納言もしばらく里下《さとさが》りすることになった。黒くなってしまった雪山を童《わらわ》たちが踏み散らしたりせぬよう、留守番の者にくれぐれも言い置いて七日までは見届けた。十日頃には「十五日までもちそうです」と使いが報告してきた。ところが十四日の夜はひどい雨。

たかが庭の雪山に夜も寝られずやきもきする様子を、まわりの人々は馬鹿げていると笑うが、使いをやるとまだ座ぶとんくらい残っていると言う。勝ちを確信した清少納言は歌まで詠んで、皆に自慢しようとわくわくして十五日の朝を迎える。が、なんと雪山は跡かたもなく消え失せていた。

二十日、帝の御前ではこの話でもちきり。前日暗くなるまで残っていたものが消えてしまったのは、実は中宮のさしがねだったことが判明する。

このエピソードが記された段は、『枕草子』の中でも二番目に長い。彼女にとっていかに楽しく心ゆく思い出であったことか。「笑う」「笑《え》む」という語が十回も使われていて、帝も中宮もまわりの人々も明るい笑い声を響かせている。

春は曙――日本人の美意識

「春は、曙《あけぼの》。やうやう白くなりゆく、山ぎはすこし明《あか》りて、紫だちたる雲のほそくたなびきたる」

有名な冒頭の一節である。高校の教科書で習った懐かしい文章でもある。今あらためて音読してみると、なんと歯切れよく簡潔な一文であることか。東山に接している空が少し赤味を帯びて、紫がかった雲が細くたなびいている、そんな曙の頃が春の季節は一番いい。一日の始まりの空の様子は刻々と色と明るさを変えてゆくが、それを美しいと眺め入る人々の心は、千年ののちも不変だ。

「夏は、夜《よる》」「秋は、夕暮」「冬は、つとめて（早朝）」と、一日の時間帯で最も魅力ある時をあげ、季節ごとに気に入りの情景を描き出した潔く力強い文体が、その後の日本人の美意識を確定したと言っても過言ではない。

一条天皇（在位九八六―一〇一一）の中宮定子を中心とするサロンにおいて、当代最高の教養とセンスを身につけた女房たちが、ある日ある宵こんな会話を交わす。「一日のうちで好きな時間は」「夜明け」「夕暮」「季節によるわ」「では春は」「なんと言っても曙」「私も」

それを書きとめたのが清少納言ではなかったか。仕上げに読みあげると、人々はうなづきながら聞き入り、共感を確かめ合う。

立春も過ぎたある日、東の空がほのぼのとしらみ始める頃、現代の私たちの心にも「春は、曙」の一語が甦る。旧暦のもとで生きていた人々にとって、新年は立春とともにやって来たものだったから、美しくたなびく雲に、よき事の予感を見ていたかもしれない。

ところで平成二十二年の旧正月は、新暦二月十四日。二月四日が立春だったから、年明けより先に春を迎えたことになり、これを「年内立春」と言う。

年のうちに春はきにけり一とせをこぞとやいはむことしとやいはむ

『古今和歌集』の冒頭の在原元方のこの歌は、自然の運行と人間が造った暦との齟齬に興じた作と言えよう。

紅梅——行成も認めた才気煥発

「木の花は　濃きも薄きも、紅梅」と、先ずあげているように、清少納言は紅梅が好きだった。

梅は中国渡来の植物で『古事記』や『日本書紀』にはその名が見えない。『万葉集』の巻五に、天平二年（七三〇）正月、大宰府の大伴旅人《おおとものたびと》の官邸における梅花の宴の歌三十二首が載っているが、この頃の梅はすべて白梅だった。輸入されたばかりの舶来の花の人気は集中の百十九首もの梅の歌が物語っている。これは花を詠んだ歌としては萩に次ぐ数である。

紅梅の渡来は白梅より百年ほど後のことで、これを愛したのが清少納言に代表される平安中期の女性たちだった。凛とした香気を放ちつつも艶なる紅梅は、ひらがなでものを綴り始めた女たちの気に入りの花だったと言えよう。

二月のある日、藤原行成《ふじわらのゆきなり》の使いの者が白い紙包みを白梅の見事に咲いた枝に付けて持って来た。開けてみると餅餤《へいだん》という餅が二つ包まれている。署名は「みまなのなりゆき」とあり、「自《みずか》ら参上したいのですが、昼は容貌が醜いので行けません」と書いてある。「なりゆき」とは行成の逆さ訓《よ》みではないか。

中宮にご覧に入れると「めでたくも書きたるかな。をかしくしたり」とおほめになって、手紙は手元にお納めになった。行成と言えば三蹟《さんせき》とも四納言《しなごん》とも称され、後世にその名が知られる能書家である。文字のすばらしさはさることながら、機知にも富んでいたらしく、才気煥発な清少納言とは頗《すこぶ》る気が合っていた。

そこで清少納言、ひときわ赤い薄い紙に「自分で持って来ない下僕《しもべ》はずいぶん冷淡ですね」と、餅餤をもじって返事を書き、美しい紅梅の枝に結び付けて返した。すぐさま行成本人がやって来て「下僕が参りました」とくり返し呼ぶ。

「立派な受け応えでしたね。すこしでも我こそは、と思っている女はこんな時とかく歌を詠みたがるが、そんなのでない人がつき合いやすいなあ」

この言葉がよほど嬉しかったに違いない。「見苦しき我ぼめ」と言いつつ、しっかり書きとめている。

雪月花――当意即妙

村上天皇の御代《みよ》（九四六―九六七）のこと、たくさん降り積もった雪を白い器に盛って梅の花をさし、月がひときわ明るい夜「これに歌詠め」と兵衛の蔵人《くろうど》という女房に賜わった。すぐさま「雪月花の時」と申し上げると、帝はたいそうお褒めになって、「こんな時に歌などを詠むのは世の常だ。そんなありふれたことではなく、このように折に合ったことはとても言い難いものだ」と仰せられた。

当時の人々の教養として読まれていた『和漢朗詠集』に、

琴詩酒《きんししゅ》の友皆我を抛《なげう》つ

雪月花の時最も君を憶ふ

という白楽天の詩が載っている。琴や詩や酒を楽しんだ友は皆自分を捨てて遠く離れたが、雪月花の折にふれて最も君を憶う、と、親友の殷協律《いんきょうりつ》に寄せたものである。

その「君」を君主たる帝に託して申し上げた機知と、女ながらに漢詩の素養もある心深さを帝は讃えたのだ。この頃、男の教養は漢文であり、女は仮名文字で歌を綴るのが一般的だった。

同じ女房をお供に、ある日村上帝が清涼殿に佇んでいらっしゃると、誰もいないのに火《ひ》櫃《びつ》（長方形の角火鉢）に煙が立っているではないか。「あれは何だ、見よ」。

兵衛の蔵人は帰るなり、

わたつ海《み》のおきにこがるる物見ればあまの釣してかへるなりけり

と申し上げたそうな。蛙が火に飛び込んで焼けていたのである。

この歌は古今集時代の歌人、藤原輔相《すけみ》の作を借用したもので、「沖」と「澳《おき》」、「漕《こ》がる」と「焦《こ》がるる」「帰る」と「蛙」を掛けた駄じゃれのようなものである。ここまでくると並大抵の頓知《とんち》や教養ではない。昔から日本人はこうした言葉の遊びを楽しんでいたのである。

村上天皇は一条天皇の祖父で、その治世は理想的な御代として語り継がれている。このエピソードは当然聞き書きだが、清少納言の心には、漢詩でも和歌でも当意即妙の受け答えをした兵衛の蔵人が理想像として輝いていたのだろう。

桜の造花――関白道隆の趣向

中宮の父君、時の関白道隆が二条の法興院《ほこ》に積善寺という御堂を建立して、二月二十一日に法要を主催なさることになった。そこで、中宮は二月初めから二条の宮にお移りになった。

お供した翌朝、日のうららかに射す頃起き出してみると、白木の建物は凝った造りで、御簾《みす》なども昨日かけたように新しい。その御階《みはし》のもとに三メートルほどもある桜の花が咲き満ちている。まあなんと早く咲いたこと。今は梅が盛りの時分なのに、と思ってよく見ると造花なのだった。

それにしても見事で、その華やかさは本物に劣らず巧みに造ってある。でも雨が降ったら紙の花はしぼんでしまうだろうと思うと残念だ。

そこへ関白殿がおいでになった。青鈍色《あおにび》の指貫《さしぬき》の袴に、桜襲《さくらがさね》の直衣《のうし》に紅の衣を重ねてお召しである。ふだん着とは言え、なんと華やかないでたちだろう。お迎えする側も中宮をはじめとして「紅梅の濃き薄き織物」「唐衣は、萌黄《もえぎ》、柳、紅梅など」を皆が身につけているので、まるで光り輝く春の花園のよう。

そんな女房たちを見渡して、容貌も家柄もこんなに素晴らしい人々に囲まれた中宮の幸せを讃える関白。

「しかし皆さん、この中宮はとてもけちんぼでもの惜しみをなさるんですよ。私なんかこの宮が生まれた時から心をこめてお仕えしているのに、まだ着古した衣一枚いただいたことがないんですからねェ」と冗談を言っては皆を笑わせる。「堂々と中宮の前で言っているんだから陰口ではないよ」。磊落《らいらく》でユーモアのセンスに満ちた関白道隆のまわりには笑い声が絶えなかった。

そこへ、帝からのお使いが中宮へお手紙を届けに来た。お返事を書くのも紅梅の薄様《うすよう》の紙である。関白の配慮で、今日は特別に使いの者にも紅梅の細長（襟なしの着物）が授けられた。

こうして法要の日の着物や扇などを準備し、その日を心待ちに過ごしているある朝、なんとあの庭前の桜の造花が、忽然と姿を消してしまったのである。

花盗人——機知に富む応酬

本物の色つやにも劣らぬ桜の造花も、日が経つにつれて色褪せしぼんできた。ある雨の翌朝、関白道隆の邸から男たちが大勢やって来て、その花の木を引き倒してこっそり持って行こうとするではないか。

「まだ暗いうちにとのおおせだったのに明るくなりすぎた、急げ急げ」などと言っている。さては殿様が雨に濡れた造花のみじめな姿を人目に触れさせまいと指図なさったのだな、とピンときたけれど、清少納言としては見過ごすわけにもゆかない。

「花を盗むのは誰。いけませんよ」と言うと、あわてて引き抜いて逃げてしまった。あとから起きていらした中宮もびっくり。

「暁に花盗人ありという声を聞いたけど、枝を折るくらいだと思ったら根刮《こそ》ぎ取ってゆくなんて。誰なのか見た？」と言いつつも中宮は、父の美意識のなせるわざだろうと気づいていて、笑っておいでだ。

「きっと春の風のしわざですよ」と答える清少納言。

そこへ何くわぬ顔をして関白道隆の登場。あたかも芝居の一幕を見るようだ。

「ややっ。あの花がないではないか」と驚いてみせるのも芝居心たっぷり。

「だらしない女房どもよ。寝坊して気がつかなかったんだろう」とからかわれて、清少納言が黙っていられるはずがない。

「やっぱりおまえが見ていたのか。暗いうちに気づかれないようにと、あれほどきつく命じておいたのに、見つけられたとはしゃくだ」と、大いに笑う道隆。おまけに春風のせいにするとはしゃれている、と上機嫌で歌を吟じつつ退場する。

この時道隆は四十二歳。積善寺の法要には上級貴族のすべてが列席したことが歴史書にも残っている。娘の定子は一条天皇の中宮としてこの上ない寵愛を受けている。まさに得意の絶頂にあった。

華やかなこと、美しいもの、風雅と教養に満ちた会話、機知に富んだ応酬を好んだ道隆父娘。その二人に気に入られ、清少納言もまた我が世の春を迎えんとしつつあった。

桜襲《さくらがさね》——幸福の絶頂

春宮妃《とうぐう》となられた原子が、姉の中宮定子の御殿を訪れたのは、旧暦二月半ばのことだった。

「そこの柱と屏風のすき間に寄って私の後から覗いてごらん。とてもきれいよ」と、中宮の許しを得た清少納言、胸をときめかしてその日の登花殿《とうかでん》の様子を事細かに書き残している。殊に衣裳の描写に筆を尽くして。中宮は紅梅の固紋《かたもん》に浮紋《うきもん》の上着、紅のつややかな衣がお顔に映えて美しい。妹君は紅梅の濃い色から薄い色を重ね、その上に綾の衣や蘇枋の織物、萌黄の若々しい固紋。扇で顔を隠すご様子がとてもかわいらしい。まだ十四、五歳である。

関白道隆とその妻高内侍《こうのないし》貴子も、敬意を表した装いで座に着く。道隆は薄紫の直衣に萌黄の指貫、下には何枚も紅の衣を重ね、柱に寄りかかっておられる。二人の美しい姫君を前に、満面の笑をたたえていつもの冗談を飛ばしつつ御機嫌だ。お仕えする童女たちも桜襲の汗衫《かざみ》に萌黄や紅梅の衣の色がとてもしゃれている。着る物にも季節の色を取り入れた人々のセンスが窺えよう。道隆は「日一日《ひとひ》、ただ猿楽言《さるがふごと》をのみしたまふ」と描かれている。猿楽言とはおどけた冗談。

そこへ息子の伊周《これちか》、隆家もやって来た。伊周の長男松君は三歳の可愛い盛り。道隆はさっそく孫を抱きとって膝に座らせてにこにこ。

二時頃には帝も桜襲の衣《きぬ》ずれの音高くおでましになる。お供の殿上人も大勢つめかけ、道隆は「くだもの、さかななど召させよ。人々酔《ゑ》はせ」と命ずる。こうして淑景舎《しげいさ》（原子）を見送る夕方まで、道隆の「御猿楽言にいみじう笑ひて」女房たちは仮橋からころげ落ちそうになるほどだった。

この日の記述はここで終わっている。華やかで賑やかな春の一日。これが関白家最後の団欒となった。わずか二ヵ月後の四月十日、関白道隆は四十三歳でこの世を去る。その後の政権争いに敗れた伊周、隆家兄弟は大宰府と出雲に左遷され、幸福の絶頂から悲嘆の淵につき落とされた母の高内侍は、夫の後を追うように翌年他界したのだった。

春の炉——誤解を解いたわざ

その頃頭《とう》の中将《ちゆうじよう》であった藤原斉信《ただのぶ》が、清少納言に関するあらぬ噂を真に受けて絶交していたことがあった。本当の事なら仕方がないが、まったくの誤解なのでそのうち解けるだろうと笑って過ごしていたが、あちらは部屋の前を通る時に、こちらの声が聞こえるだけで袖で顔を隠して無視するほどの徹底ぶり。

そろそろ桜の花の咲こうかという大雨のある夜、物忌みのために籠もって囲炉裏ばたにいると、あちらも退屈したと見えて使いの者が文を携えてやって来た。見ると、

「蘭省花時錦帳下」

と白楽天の詩の一行が青い薄様に見事に書かれてあり、「末はいかに、末はいかに」と返事を催促している。

この漢詩の続きくらいは知っているが、下手な漢字で書くのも見苦しいので、囲炉裏に

あった消えた炭でもって、

「草の庵《いほり》を誰《たれ》か尋ねむ」

と書きつけて渡した。

白楽天の詩は、はなやかな中央政府で花の季節に宮殿にいる友人と、盧山の草庵で雨の夜を過ごす自分とを対比したもので、「盧山雨夜草庵中」と続く。

漢詩の心を汲み取り、すぐさま和歌の下の句に仕立てて付けた心憎いわざに脱帽した斉信、その夜宿直していた殿上人《てんじょうびと》たちと、これの上に句を付けて返そうではないかと夜の更けるまで考えたが、とうとうできなかった。やはり一目置くべき相手だと、清少納言を見直したのであった。

この夜の斉信たちの様子を伝えに来たのが橘《たちばなの》則光《のりみつ》である。「まことにいみじうれしきことの昨夜《よべ》はべりし」とか「かばかり面目《めいぼく》あることなかりき」とか、手離しの喜びよう。兄貴分として少々の出世よりずっと嬉しいと言うこの人、どうやら清少納言の前の夫であって人々からも「せうと」(兄貴)と呼ばれていたらしい。

この話は帝にも伝わり「殿上人たちは皆あの詩と歌を扇に書きつけて持っているそうよ」と中宮も誇らしげ。斉信の「袖の几帳《きちょう》」が取り払われたのは言うまでもない。

のどか——すっぽかされた斉信

『枕草子』に登場する貴公子の中で、最も素敵に描かれているのが藤原斉信《ただのぶ》である。名門の生まれで学才に富み、仕事は有能。詩歌管弦の才能にも恵まれ、美男で金持ちでセンス抜群。そんな斉信から手紙が来たのは、あの身に覚えのない誤解が解けた一年後のことだった。

方違《かたたが》えなので今晩泊めてほしい。「かならず言ふべきことあり」、局《つぼね》の戸をそっと叩《たた》いて相図するから、あまり叩かせないうちに開けよ、とある。

ところがあいにく中宮の妹君からお呼びがあって、その夜は局を空けてしまった。すっぽかされた斉信から、翌朝追って文が来た。「聞《きこ》ゆべきことなむある」、すぐに行く。

それは「うらうらと日のけしきのどか」な光あふれる春の昼だった。斉信のいでたちはとても華やかな桜襲の綾の直衣。葡萄《えび》染めの指貫の袴には、藤の花の折枝の乱れ模様が白く浮き織りにしてある。砧《きぬた》で打って艶を出した衣の紅の光沢が、袖口から薄紫の下着とともに幾重にも覗いている。

狭い縁先に片足は下に下ろして半身に腰かけておられる様子は、絵に描いたように美しい。物語に出てくる理想的な貴公子とは、まさにこういう人を言うのだ。御簾の内で応対するのがうら若き女房で、髪も豊かにこぼれかかっているようなら見どころもあるのだけれど、自分ときたら盛りも過ぎて「ふるぶるしき人」なのだからぶちこわしだわ、と卑下する清少納言。前年関白道隆を失って、鈍《にび》色の喪服を身につけていた。この年三十歳前後と思われる。

斉信も同じ年頃であったはずだが、男の場合三十は男盛り。自信に満ちて美々《びび》しい装いで光り輝いている。御簾一枚をへだてた光と影の対比が印象的な場面である。

それにしても斉信の言っていた「かならず言ふべきこと」「聞ゆべきこと」とは、いったい何だったのだろう。

昨夜はいくら戸を叩いても開けてもらえずひどい目にあった、と笑って恨み言を述べているだけで、肝心の用件については一言も記されていない。

青き瓶に桜――千年《ちとせ》もあらまほしき

「高欄のもとに、青き瓶《かめ》の大きなるを据ゑて、桜のいみじうおもしろき枝の五尺ばかりなるを、いと多くさしたれば、高欄の外《と》まで咲きこぼれたる昼つ方《かた》」

何と贅沢な光景だろう。青磁の大瓶に一メートル半もの花ざかりの桜の枝々をふんだんに挿してあるので、手すりの外にまで咲きこぼれている。

そこへやって来たのが中宮の兄君の伊周《これちか》。桜の直衣に濃紫の固紋の指貫袴、鮮やかな紅《くれない》の綾織を直衣の下から出してお召しだ。これこそ花衣《はなごろも》と呼びたいような華やかな装い。御簾《みす》の中に控える女房たちも負けてはいない。桜襲や藤、山吹といった季節の花の色を並べて袖口だけを御簾の下から見せている。

「うらうらとのどかなる日の」清涼殿の昼の御座《おまし》に、帝がお渡りになる。

中宮は白い色紙を女房たちにさし出して、これに今おぼえている古歌をひとつずつ書けと仰せだ。「はやくはやく、何でもいいから思い出した歌を書くのよ」と責められて春の歌や花の心などを何人かが書いた。清少納言の番が回ってきた。

年経《ふ》れば齢《よはい》は老いぬしかはあれど君をし見ればもの思ひもなし

と書いて褒められた。実はこの歌、『古今集』の歌の一語を置きかえた替え歌だ。

染殿の后の御前に、花瓶に桜の花をささせたまへるを見て、よめる

年経れば齢は老いぬしかはあれど花をし見ればもの思ひもなし　藤原良房

中宮はこの歌と同じ季節、同じ設《しつらえ》に興を催して、女房たちの教養を試されたのだった。年を経ると我が身は老いるけれど、花を見ていると物思いもない、という歌の心を、「君」すなわち中宮に置きかえて讃えたわけだが、若い女房ではあの歌は思い出せなかっただろう。

この日の中宮のすばらしさは「げに、千年《ちとせ》もあらまほしき御有様《ありさま》なるや」と記されている。現実の栄光は花の命のように短かったが、清少納言の筆によって千年のちの私たちにもその輝きと知性は伝えられたのである。

遅日——暮らしかねた一日

ずいぶん日が永くなってきた。冬の同じ時刻にはすっかり暗くなっていたのに、と思うせいか、春はことさら日暮が遅いと思われる。「遅日《ちじつ》」「日永」「暮れかぬる」という季語は、そんな生活実感から生まれた言葉と言えよう。

晩春の頃、物忌《ものいみ》で住まいを移していた清少納言、庭木の中に見慣れない木があるのに目をとめた。その家の者は柳だと言うけれど、葉が細くなく品もない。ちがう木だと思うと言っても、こういう柳もあるのだと譲らない。そこで歌を詠んだ。

さかしらに柳のまゆのひろごりて春の面《おもて》を伏する宿かな

生意気に出しゃばった柳の葉が、春の面目をつぶしている、とは大きなお世話の歌だが、楊という種類の柳だったと思われる。

春の日永をもてあましていた所へ、中宮からお手紙が来た。美しい柳のような浅緑の紙に、宰相《さいしょう》の君という女房が中宮の歌を代筆してある。

いかにして過ぎにし方《かた》を過《すぐ》しけむ暮しわづらふ昨日今日かな

そなたが宮仕えするまではどうやって毎日過ごしていたのかしら。そばにいないと退屈でしかたがないわ、とは、恋文のように嬉しいお言葉。宰相の君も「千年《ちとせ》のここちするに、暁には、とく」と添え書してある。「暮るるまは千年を過ぐすここちして待つはまことに久しかりけり」という古歌を引いて待ち遠しい思いを伝えてきているのだ。明日の朝早く参上しなさい、と。

早速、

雲の上も暮しかねける春の日を所からともながめつるかな

と返歌をさし上げた。雲の上の貴いところでも暮れかねた春の日のつれづれを、私は今いる場所柄のせいかと思って嘆き暮らしたことでした。

これほど私は中宮様に待たれていたのだというエピソード、例によって自慢話のひとつだが、翌朝参上したところ「昨日の返事の『かねける』が厭ね、皆でさんざんけなしたのよ」と中宮に言われてしまったことも、正直に白状している。

いずれにしても王朝人は春日遅々《しゅんじつちち》たる一日を暮らしかねていたようだ。

海女――重労働に寄せる同情

「うちとくまじきもの」（気の許せないもの）として、舟の道があげられている。日がうららかに照って、海面がとてものどかに浅緑色の衣《きぬ》を延べたようであっても、急に風が吹いてたちまち波立つおそろしさは、まさに油断できないものだ。

「思へば、舟に乗りてありく人ばかり、あさましうゆゆしきものこそなけれ」と、舟路の危険を真に迫って描いているのは、父元輔が周防の守となって今の山口県に下った時、九歳だった彼女も同行した体験をふまえていると思われる。帰京は十三歳の時だった。屋形舟の奥にいるとただ小さな家にいるみたいだが、他の舟を見ると実におそろしい。遠い舟などは笹の葉を舟に作って散らしたのにそっくり。

実際、舟の中にいるとそれほど危ういようにも思えないが、他の同じような舟が、今にも沈みそうに波間を漂っているのを目にする時ほどこわいものはない。都しか知らぬ王朝人たちは、泳ぎを覚える機会もなかっただろうから、海中にほうり出されたらひとたまりもない。

陸路の旅も危険はつきものだが、何と言っても足が地についているという点では安心だ。相当の身分の人間は舟に乗ってあちこち行くべきではない、と清少納言は断言している。よほどこわい思いをしたのだろう。

海をおそれる彼女は、海女《あま》たちに大いなる同情を寄せている。「海女のかづきしに入るは、憂《う》きわざなり」。腰に付けた縄がもし切れたらどうするのだろう。男は舟の上でのんきそうに歌いながら漕ぎまわっているが、「危《あや》ふく後《うしろ》めたくはあらぬにや」と糾弾口調だ。

海中深く潜《かづ》き鮑《あわび》や栄螺《さざえ》などを採る女性たちを今も「海女」と呼び、晩春の季語になっている。舟の上から夫が呼吸をはかって腰綱を引き上げることも、昔に変わらぬ重労働だ。浮かび上がった直後の烈しい息は「海女の笛」「磯なげき」と呼ばれ、その鋭い音はせつない。ただ見ているだけでもつらそうだ。

「舟の端《はた》をおさへて放ちたる息などこそ、まことにただ見る人だにしほたるる」

それをまた、海へ落し入れるとはまったくあきれて男たちの気が知れない、と怒りもあらわにする。少女時代の憤慨が甦ったのだろう。

柳——行成と誓った友情

平安時代の能書家と讃えられた三蹟の一人藤原行成は、ちょっと変わり者だったらしい。才智があるのに外見は平凡を装っているので女房たちの評判はあまりよくない。おまけにその女性観ときたら、「僕は目が縦についていて眉が額の方に生えあがり、鼻が横についていても、ただ口もとが愛らしくあごの下から首にかけてきれいで、声のいい人なら好きになれるな。とは言ってもやっぱり不美人はごめんだ」と公言するありさま。あごの細いかわいげのない女房などは彼を目のかたきにしている。

しかし清少納言は、この口の悪い頑固者の「奥深き心ざまを見知りたれば」手応えのある相手と認めて高く評価している。行成も常に「女はおのれをよろこぶ者のために顔づくりす。士《し》はおのれを知る者のために死ぬ、と言うではないか」と『史記』の刺客列伝の言葉を引いて、互いの信頼を確かめていた。二人は「遠江《とほたあふみ》の浜柳《はまやなぎ》」と言い交わす仲だった。

霰《あられ》降り遠つあふみのあど川柳、刈れどもまたも生《お》ふとふあど川柳　（『万葉集』巻七）

という旋頭歌がある。二人の仲は何があっても再生する、という意味だから、変わらぬ友情を誓い合った仲というわけだ。ちなみに行成の方が十歳ばかり年下である。

「二人が仲良しなのは皆が知っているのだから、もう顔をお見せなさい」と行成は言うが、「私はとても不器量なので、顔を見せると嫌われそうで」と言うと、「そうか、嫌いになるといけないな。それなら私には顔を見せるな」と、自然に見える折でさえ、わざわざ自分から袖で目を蔽ったりして見ようとしない徹底ぶり。

そんな行成に顔を見られてしまったのは、旧暦三月の末、もう冬の直衣は着にくくて、宿直《とのい》姿も軽装になった頃のことだった。油断して他の女房と話し合っていた朝、簾のすき間から残りなく見てしまったと、にこにこ現れた行成。女は寝起きの顔が一番いいと聞いたので、ある人の局を覗き見した帰りだと言う。

それ以来、こちらの簾の中に入って来るようになったとは、より深い仲になったということか。百人一首で有名な、

夜をこめて鶏の虚音《そらね》ははかるともよに逢坂《あふさか》の関は許さじ　清少納言

と詠みかけた相手は行成である。

祭のころ――清少納言の心躍り

「四月、祭のころ、いとをかし」から始まるわずか四百五十字ほどの一節に、「をかし」という言葉が七回も使われている。

『源氏物語』が「あはれ」の文学であるのに対して、『枕草子』は「をかし」の文学であると言われる。清少納言は何に「をかし」と感じていたのだろう。

陰暦四月の中の酉《とり》の日に行われていた葵祭。現在は五月十五日と決まっているが、その頃がとてもおもむきがある、と先ず讃えている。衣更えが済んで位の高い人々も皆白襲《しらがさね》を身につけ、いかにも「涼しげにをかし」。人々の服装に夏らしい風情を感じ取っている。

それればかりではない。木々の葉もまだ茂るほどでなく、若葉や青葉が広がり、春の霞や秋の霧にも隔てられない晴れ渡った空の様子も「なにとなくすずろにをかし」。自然界の様相に人々の心もおのづから浮きたつ不思議。

祭の日が近づくと、青朽葉色《あおくちばいろ》、二藍《ふたあい》などの反物を巻いたものを形ばかり紙に包んで、忙しげに行き来する姿も「をかし」。末濃《すそご》、むら濃《ご》などの染物も「常よりはをかしく見ゆ」。ここは祭のための衣裳を準備する人々の様子や、衣の色に風情を見ている。日ごろはいいとも思えない染め模様も、祭の頃は見映えがするのだ。綻《ほころ》びのある服や乱れたかっこうをした子供たちまでが、祭のために沓《くつ》や足駄《あしだ》を繕い、はやくその日が来ないかなあとはしゃぎまわっているのも「いとをかしや」。なんと可愛らしいことか。

ふだんは身なりかまわず飛んだり跳ねたりしている子供たちが、祭の装束を着せると静々と練り歩く。その親や叔母、姉などが供をして連れて歩く様子も「をかし」。ここはほほえましい、と同時に笑いをこらえているようなおかしさがあって楽しい。

すがすがしく晴れ渡った空のもと、緑の梢を揺らす心地よい風に吹かれて、祭へ向けての人々の心いそぎ。子供たちのはしゃぎようとすまし顔。これらすべてに向けられた「をかし」の一語は、清少納言の心躍りの表れと言えよう。

「をかし」の一語が口をついて出る時、彼女は最も生きる実感を得ていたにちがいない。新緑の美しい都に住み、華やかな祭への期待に胸をふくらまし、みずからも仕事を持つ女性として目にするもののすべてが輝いていた。

葵祭――種々の「をかし」

ている。
「祭の帰《かへ》さ、いとをかし」から始まる一節には、「をかし」がなんと十一回も繰り返され

現代の葵祭の行列は一日で終わるが、平安時代は上賀茂に一泊した斎王が、翌日紫野の斎院に帰る行列も見られたものらしい。それが「祭の帰さ」である。昨日は暑い日ざしを扇で遮りながら、汗をかきかき長いこと行列を待ったものだが、今朝は早くから雲林院《うりん》、知足院のあたりでほととぎすがたくさん鳴き、老鶯が似た声を添えているのも「またをかしけれ」。

ほどなく行列が見えてくる。昨日は一台の車に大勢乗ってはしゃいでいた君達《きんだち》が、今日は一人ずつ乗って、後ろ座席に「をかしげなる殿上童《てんじやうわらは》乗せたるも、をかし」。

賑やかだった都大路の晴れ晴れしい行列とはうって変わって、ほととぎすの響く木立を

行くものたゆげな行列は、さらに心惹かれるというわけだ。車や挿頭《かざし》につけた葵蔓《あおいかづら》も、今日は萎《な》えかかって風に吹かれている。

行列が終わった後の渋滞を避けて車を止めさせ、多くの物見の車を眺めるのも「をかしけれ」。何も先を急いで現実に戻ることはないではないか。そんな思いで人より後に帰る道々、見知らぬ男車《おとこぐるま》が後ろに続いて来るのも、何事もないよりは「をかし」と思っていると、別れぎわに「峰《みね》にわかるる」と一言残して行ったのも「をかし」。

ここには古今集の歌、

風吹けば峰に別るる白雲の絶えてつれなき君が心か

がほのめかされている。心憎い挨拶ではないか。ちょっと心がときめいたり、おぬし、やるな、と思ったりした時も「をかし」が口をついて出たものらしい。

そんな折は「なほ飽《あ》かずをかしければ」興が尽きないので、斎院の鳥居のもとまで行くこともある。祭の余情を求めて山里めいた所まで車を乗り入れたのだ。卯の花の垣根から蕾の多い枝を折り取って、車の屋形に挿したのも「をかしうおぼゆ」。

葵蔓がしぼんでしまった車に、まっ白の卯の花は初々しく鮮やかに映えたことだろう。

菖蒲――節句の用意

卯月（陰暦四月）の末ごろ、初瀬詣《はつせもう》での折に歌枕で有名な淀《よど》の渡りというものをした。このあたりは水郷で、車を舟に乗せて宇治川を渡るのである。菖蒲や菰《こも》など、水面から先だけ見えているのを供の者に引き抜かせてみると、実はとても長いのに驚いた。刈った菰を積んだ舟が行きかう情景は風情たっぷり。

帰りにここを通ったのは五月三日のことだった。小雨の中、小さな笠をかぶり、裾を高くまくり上げて脛《はぎ》をあらわにした男の子たちが菖蒲を刈っている姿は「屏風の絵に似て、いとをかし」。

歌と屏風絵でしか知らなかった淀の渡りの、端午の節句間近の風俗を目のあたりにして、感動した一節である。五日のための菖蒲をたくさん刈って舟で運ぶ雨中の風景はいかにも瑞々《みずみず》しい。

「五月四日の夕つ方、青き草多くいとうるはしく切りて、左右《ひだりみぎ》になひて、赤衣《あかぎぬ》着たる男《をのこ》の行くこそ、をかしけれ」この一文だけの段もある。明日の節句のために、青々とした草を多くきちんと切り揃えて、赤い狩衣《かりぎぬ》の左右の肩にかついで行く男。色彩の対照も見事だ。

「草は、菖蒲《さうぶ》。菰《こも》。葵《あふひ》、いとをかし」と、先ずその名をあげているところからしても、清少納言は緑したたる草々が好きだった。

「神代《かみよ》よりして、さるかざしとなりけむ、いみじうめでたし」。その生命力をもらうため、葵祭や端午の節句に人々は挿頭《かざし》や鬘《かづら》として身につけてきた。

そればかりではない。御殿という御殿に菖蒲を葺《ふ》いた端午の都はさぞかし美しかったことだろう。今も軒に菖蒲を葺き、菖蒲湯を立てて邪気を払う習わしが残っているが、昔はたいそう優美で華やかな行事だったらしい。『枕草子』にも昔語りに聞いたことを伝えている。

「五月こそ、世に知らずなまめかしきものなりけれ」と始まる一節によると、節会が行われる武徳殿の桟敷には菖蒲が葺きわたされ、参列者は菖蒲鬘《しようぶかづら》を頭に巻き、菖蒲《あやめ》の蔵人《くろうど》は美人だけが選ばれたという。そうしていよいよ端午の節句がやってくる。

端午――なまめかしきもの

「節《せち》は、五月にしく月はなし。菖蒲《さうぶ》、蓬《よもぎ》などのかをりあひたる、いみじうをかし」と、先ず五月五日の節句を挙げているように、清少納言は端午の節句が大好きだった。

新暦で言うと二〇一〇年の端午は六月十六日。そう、梅雨の真只中である。雨が続き湿気が多く、ものが腐りやすく黴がはびこり、疫病が流行する季節。だからこそ邪気を払うために菖蒲や蓬を軒に葺き、不浄を避けるために、薬玉《くすだま》を柱に掛けたり身につけたりしたのだ。

菖蒲や蓬などが高い香りを放っているのがすばらしい、と嗅覚に訴える一文に続いて、九重《ここのえ》の御殿から下々《しもじも》の民のすみかまで、競うように菖蒲を葺きわたしている光景を描き、視覚に訴え、他のどの節句にもない風情を讃えている。

「空のけしき、曇りわたりたるに」目もあやなる薬玉が中宮に届けられ、母屋の柱の左右に飾られる。薬玉とは麝香《じゃこう》や沈香《じんこう》などの香料を玉にして、錦の袋に造花を縫いつけ五色の糸を長く垂らした飾り物兼芳香剤兼魔よけ。どんより曇った雨の季節の室内に、その香りと色彩は際立ったことだろう。

家屋敷だけでなく、若い女房たちは菖蒲を刺櫛《さしぐし》として髪に飾ったり、着る物にも紫と白のまだらの組紐で結びつけたりしている。紫の紙に楝《おうち》の花を、青い紙に菖蒲の葉を細く巻いて結び、白い紙を菖蒲の根で結んだりする趣向も、人々の美的感覚を表して見事だ。たいそう長い菖蒲の根を、手紙の中に入れたりしてあるのも素敵。菖蒲の節句にあやかって、長命を祈ったり、恋人に心長きことを誓ったりするのだ。夕暮の頃ほととぎすが鳴いて空をわたるのも、すべてこの日は素晴らしい。

「なまめかしきもの」（優美なもの）を列挙した段にもこの日の情景が挙げられている。新しくも古くもない檜皮葺《ひわだぶき》の家に「長き菖蒲をうるはしう葺きわたしたる」様子。また菖蒲《あやめ》の蔵人《くろうど》が薬玉を立ち並ぶ親王や上達部《かんだちめ》にさしあげる光景。その緒を腰に巻いてお礼の舞踏をする姿。

青ざし——失意の定子

「三条の宮におはしますころ、五日の菖蒲《さうぶ》の輿《こし》など持《も》てまゐり、薬玉まゐらせなどす。若き人々、御匣殿《みくしげどの》など、薬玉して姫宮、若宮につけたてまつらせたまふ」

定子が三条の宮にお住まいの頃、宮中から端午の節句の菖蒲の輿などを持って参上し、若い女房や定子の妹の御匣殿などが、五歳の脩子さまと二歳の敦康親王さまのお召物に薬玉をお付け申し上げる。

いかにも華やかな節句の場面である。「いとをかしき薬玉ども」が方々から献上された。その中に「青ざし」というものがあった。これは青麦で作った菓子で、当時珍しいものだったとみえる。青麦のもやしを煎って臼でひき、糸状に縒ったもの。それを青い薄様の紙を艶やかな硯の蓋に敷いて、定子様にさし上げた。

その時の清少納言の口上が、「これ、籬《ませ》越しにさぶらふ」。

ませ越しに麦はむ駒のはつはつに及ばぬ恋も我はするかな

という古歌をふまえ、麦で作ったお菓子ですと伝え、「はつはつ」わずかですが、という意味をこめた。籬越《ませ》しではないものの、簾越しにさし上げたのではなかろうか。この時の定子は失意の底にあったので、子供たちとともに節句を祝う気持はなかった。

敷いてあった薄様の端をひき裂いて、こんな歌を書きつけなさった。

皆人の花や蝶やといそぐ日もわが心をば君ぞ知りける

皆が花や蝶やとはなやかに興じている日も、私の心の淋しさは、あなたが知ってくれていたのね、というつぶやき。それを清少納言は「いとめでたし」と述べているばかりで、事情を何も説明していないが、この年の二月、定子は皇后となったばかりだった。それは藤原道長の娘彰子が、一条天皇の中宮の座を得たことによるので、決して嬉しい出世ではなかった。今や道長の世となり、世の中の人々は中宮彰子を中心とするサロンに「花や蝶や」と賑やかに華やかに集っている。

定子を中心とする明るいサロンのあれこれを記した『枕草子』の中で、唯一淋しいため息を洩れ聞くような段である。「青ざし」という季節のお菓子を口にするたびに、その後もこの日の定子が心に甦ったことであろう。

ほととぎす――聞きし声よりも

五月雨の頃のつれづれに、ある日、清少納言は「郭公《ほととぎす》の声、尋ねに行《い》かばや」と、車を仕立てて賀茂の奥へと出かけた。「五月《さつき》の御精進《みさうじ》のほど」という書き出しで、『枕草子』にかなりの長文が見られる。

陰暦五月は田植えの月。さつきの「さ」は、さなえ、さおとめ、さなぶりなど、田植えに関わる言葉に共通して見られることから、田の神を表す語と見られている。その頃の長雨がさみだれで、現在の梅雨にあたる。五月《さつき》、五月雨《さみだれ》の頃は、田植えを司る田の神に仕えるために、人間達はもの忌みをし、謹慎生活をしなければならなかった。

直接農耕に携わっていない貴族達にも、そのしきたりは守られていた。その時期は男女のまじわりも禁じられ、天皇とて例外ではなかった。それが「五月の御精進」で、清少納言のお仕えする中宮定子も、天皇とはなれればなれに暮らしていらしたのである。

つれづれのながめにまさる涙河袖のみ濡れて逢ふよしもなし

藤原敏行

（「古今集」恋三）

おほかたにさみだるるとや思ふらむ君恋ひわたるけふのながめを

敦道親王

（「和泉式部日記」）

長雨から生じた「ながめ」という言葉は、逢えない恋人を思って、もの思いに沈む情感がこめられており、五月雨と「つれづれ」はつきものであった。

光源氏が雨夜の品定めで恋愛論、女性論を語ったのも、「長雨晴れ間なきころ、内裏の御物忌さしつづき」「つれづれと降り暮らし」た夜のことだった。

また、やはり五月雨の頃、女君達は「晴るる方なくつれづれなれば、御方々、絵物語などのすさびにて明かし暮らし給ふ」と、女君達が物語を書き写したり、作ったりしてつれづれを慰めていた。

「逢えない時間が　愛育てるのさ」とは、先ごろはやった歌の文句だが、文学もまた、逢えない時間が育てたものだったのである。

さて、清少納言は女房たち四人ばかりで一台の牛車に乗って、上賀茂のあたりまでやって来る。田舎めいたところの知人の家に立ち寄ると、簡素で古風な造りの家のまわりに、ほととぎすがやかましいばかりに鳴いている。

家の主人は宮中の女房たちの訪問を喜び、小ぎれいな娘たちに稲をこかせて見せたり、見たこともないくるくる回るもの（多分籾すり臼）を引かせて歌を歌わせたりして、土地柄に応じたもてなしで、女房たちの耳目を大いに楽しませてくれた。珍しくて笑って見ているうちに、

「郭公《ほととぎす》の歌詠《よ》まむとしつる、まぎれぬべし」

といったありさま。

そう、ほととぎすの声をたずねに行く、とは、即ちほととぎすの歌を詠みに行くことで、これはまさに私たちが俳句を作りに出かける「吟行」と同じことだったのである。

それよりも興味深いのは、清少納言がこの時、主人の取り出したものを「稲《いね》といふ物」と、まるで初めて見たもののように言っていることだ。「五月の御精進」は、農耕から生じたしきたりだったが、すでに貴族の生活と農耕の実際とは、かくもかけ離れていたということだろうか。

ほととぎすの声にしても、昔は田植えの時期の到来を告げるものとして聞いていたのであって、それだからこそ人々はその初音に耳をすましたのだ。そうした農耕民族の心の用

意がほととぎすの声を待ちこがれ、わざわざ聞きに行くという風流心を育てたのである。

「ひなびたものではありますが」と、家の主人は様々にもてなしてくれる。

「この下蕨は、私が摘んだものです。さあ召し上れ」

そうこうしているうちに雨が降りそうになったので、皆急いで車に乗り込む。

「でも、ほととぎすの歌は、ここでこそ詠みましょうよ」

「だって道中でも詠めるわよ」

などと言いながら。

帰る道々は、卯の花がたくさん咲いているのを折り取って、車の簾や胴に挿し、さらに余りを屋根や棟などにも挿すと、まるで卯の花の垣根を牛に曳かせているようになったと、お供の男たちともども笑い興じてしまった。だから歌どころではない。何とかこの車を風流を解する人に見せたいものだと、わざわざ車を止めて藤原公信を呼び出した。何事かと飛び出した公信は、車をひと目見て大笑い。

「正気の沙汰とは思えないなあ、ちょっと降りて外からご覧よ」

などと言いながらも、ほととぎすの声を聞いて帰るところだと聞いて、

「歌はいかが。それ聞かむ」

と尋ねた。それが風流人の当然の挨拶、興味だったとみえる。

同じ問いかけはもちろん中宮定子からもなされた。

「さて、いづら、歌は」

というお言葉は、ほととぎすの歌を心待ちにしている心はやりが感じられる。実はこういう次第で詠めませんでしたという答えに、中宮は御機嫌ななめ。

「残念なことねえ。ほかの人が聞いた時に、歌を詠まなかったではすみませんよ。その、ほととぎすを聞いたところで、すぐに詠むべきだったわ。あまり格式ばりすぎたからいけないのよ。ここでもいいから詠みなさい。ほんとうにつまらない」

だが、清少納言にはその気がない。あの手この手で中宮の要求をかわす。

二日ばかりのち、女房たちと、あの時の下蕨のお味は、などと話しているのを中宮がお聞きになって、ほととぎすを聞きに行ったのに、下蕨を思い出すなんて、と笑いながら、そのへんの紙に、

「下蕨こそ恋しかりけれ」

とお書きになった。これに上の句を付けなさいというわけだ。中宮は、何とかして清少納

言に歌を詠ませたいらしい。そこで彼女は、

「ほととぎすたづねて聞きし声よりも」

と付ける。それから彼女の言い訳が始まる。

私だって和歌の文字の数を知らなかったり、春に冬の歌を詠んだり、秋に梅の花の歌など詠むようなことはない。でも、曾祖父、清原深養父《ふかやぶ》は『古今集』の有名な歌人、父、元輔は梨壺の五人の一人で『後撰集』の撰者でもあるという歌人の血筋では、人よりすぐれた歌が詠めないと、先祖に申し訳が立たない、という訳だ。

中宮はお笑いになって、「さらば、ただ心にまかせよ。われは詠めとも言はじ」。

清少納言は「いと心やすくなり侍りぬ」と安堵した。


俳句の成り立ちの源である連歌が、勅撰集に初めて見られるのは、『金葉和歌集』(一一二七年)だが、それより一世紀以上も前から、一首の上句と下句を二人で分けて詠み合うようなことが、貴族の間で日常的に行われていたことは興味深い。連歌の源は、それよりもさらに遡り、『古事記』に見られる倭建命《やまとたけるのみこと》と御火焼之老人《みひたきのおきな》の問答歌、

新治　筑波を過ぎて　幾夜か寝つる

かがなべて　夜には九夜《ここのよ》　日には十日を

というのが定説だが、それを育てる土壌が、平安中期には出来上がっていたと見ていいだろう。

和歌が苦手だった清少納言は、だからこそ散文に力を発揮し、『枕草子』という日本で最初の随筆を残したのだが、その文章は、ここにあげた長文よりも、むしろ短文に冴えがある。

きよしと見ゆるもの

土器《かはらけ》。新しきかなまり。畳にさす薦《こも》。水を物に入るる透影《すまかげ》

といった感覚的な文に触れると、この人は思いを綿々と述べる和歌よりも、一瞬の印象や感覚を切れ味よく言い止める俳句の方が、合っていたのではないかと思えてくる。ほととぎすという伝統的な和歌の題材を聞きに出かけたはずなのに、その歌は出来ず、人や自然との出会いを生き生きと描写している点も、俳句における吟行の精神に通うものがあるではないか。

清少納言の好奇心旺盛なまなざしは、宮廷生活にとどまらず、鄙の暮らしにも向けられている。また、およそ和歌の題材にはなり得ないあくびや、くしゃみや、蚤、蚊、なめくじなどにもその文章は触れている。これらはのちの俳諧によって光を当てられた俗なる題材である。

もし、清少納言が今の時代に生まれ変わったなら、彼女は俳句を作っているにちがいない。

田植え　――雅びと鄙のへだたり

「五月《さつき》ばかりなどに、山里にありく、いとをかし」。陰暦五月は五月雨《さみだれ》の降り続く頃、梅雨の季節である。そんな頃、山里に出かけるのはとても愉快だ。草葉も水も見わたすかぎり青い中を牛車を走らせて行くと、草の生い茂った下に溜まっていた水が、供人などの歩みにつれて「はしりあがりたる、いとをかし」。

水しぶきを上げて車を走らせる快感は、梅雨どきの遠乗りの醍醐味だ。左右の生け垣の枝なんかが、車の中に入るのを急いで折ろうとするけれど、「ふと過ぎてはづれたるこそ、いとくちをしけれ」。やんちゃな少女のようではないか。その枝々も緑濃く、ときには雨粒を鏤《ちりば》めていることだろう。

さらに鮮烈なのは最後の一文である。「蓬の、車に押しひしがれたりけるが、輪のまはりたるに、近うちかかえたるも、をかし」。牛車の大きな車輪に押しつぶされた蓬が、くっついたままますぐそばに回って来る。蓬の香が車内を満たす。

この季節の湿っぽい皮膚感覚、万緑の野山、水をはね上げる音の勢い、踏みしだかれた蓬の香。実にさまざまな感覚を呼び覚ます一文だ。

そんなある日のことだった。彼女が生まれて初めて田植えの光景を目にしたのは。賀茂へ参る道々、田を植えるという女たちが薄い板のお盆のような笠をかぶり、多勢で歌を歌っている。見ると折れ伏すようにして、何をするともわからず後ろ向きに退《しさ》って行く。興味をもって見ていると、女たちはこんなふうに歌っているのであった。

「郭公《ほととぎす》、おれ、かやつよ、おれ鳴きてこそ、我は田植うれ」——ほととぎす、おまえ、あいつよ、おまえ鳴いてこそ、わたしゃ田を植える。あいつが鳴くからつらい田植えが始まる、という労働歌だったのだろう。

またの名を「しでの田長《たおさ》」と呼ぶほととぎすは、昔から田植えと密接な関わりのある鳥だった。しかし、鳴き声をこよなく愛していた清少納言にしてみれば、ほととぎすをののしるような歌にがっかり。最後まで聞きもせずその場を立ち去ったのだった。

「雅び」の世界に暮らすみやこ人《びと》と「鄙《ひな》」の生活者とのへだたりを思わせる一文である。

短夜《みじかよ》——恋人達の貴重な時間

「夏は、夜《よる》。月のころはさらなり、闇《やみ》もなほ、螢《ほたる》の多く飛びちがひたる。また、ただ一つ二つなど、ほのかにうち光りて行《ゆ》くも、をかし。雨など降るも、をかし」

冒頭の「春はあけぼの」に続く一節である。夏は夜がいい。昼間は暑いし、鳴きたてる蟬の声に気圧《けお》される。日中の火照りがおさまった夜にこそ情緒があるというわけだ。月が見られる頃は言うまでもないが、月のない闇夜も螢がたくさん飛び交っている夜は素敵。

電燈のなかった昔、月夜と闇夜のちがいは大きかった。月光や螢の光に対する人々の感受性は、現代人よりはるかに豊かだった。多くの螢でなくとも、たったひとつかふたつがほのかに点滅しながら行くのもおもむきがある。雨の夜の情緒も捨てがたい。

螢火を目で追いながら、あるいは雨の音を聞きながら、寝惜しむひと時に、人はものを思う。夜はまた、恋人たちの時間でもある。

「忍びたる所にありては、夏こそをかしけれ」で始まる段がある。人目を忍ぶ逢引《あいびき》の場所では、夏こそおもむきがある。短夜がはやくも明けて、庭が涼しく見渡される頃、一睡もせずに語り明かした恋人たち。まだ話し足りない心地がして睦言《むつごと》を交わしているすぐ上を、明烏《あけがらす》が高く鳴いて飛んで行くのは「顕証《けせう》なるここちして、をかしけれ」。顕証とは、あらわなこと。二人の秘密の場をすっかり見られた心地がして、おもしろいものだ、とは、妙に現実味がある。明易《あけやす》き頃の体験にもとづいたものに相違ない。

女のもとに通って来る男は夜明け前に帰るのが望ましいとされていた時代、短夜は恨めしいものだった。また、それだけに貴重な時でもあった。

そんな男を待つ女が一人住む所は、荒れ果てている方が風情がある。それも夏がいい。池に水草が生え、庭の所々「砂《すなご》の中より、青き草うち見え、さびしげなるこそ、あはれなれ」。きちんと手入れされた住まいより、淋しげな頼りなさそうな一人住まいの方が、男ごころを誘うのではなかろうか。

蚊——にくきもの

「ねぶたしと思ひて臥《ふ》したるに、蚊《か》の細声にわびしげに名のりて、顔のほどに飛びありく。羽風《はかぜ》さへ、その身のほどにあるこそ、いとにくけれ」

「にくきもの」の一節である。眠たいのに蚊が音を立てて顔のあたりを飛び回る。羽風まで小さな体相応にあるのが、とてもにくらしい。

うん、うんとうなずきたくなるような丁寧な描写だ。この季節、蚊や害虫に悩まされていたのは千年前の貴人の館も同じだった。

「蚤《のみ》もいとにくし。衣《きぬ》の下《した》に躍《をど》りありきて、もたぐるやうにする」

しかし、何と言ってもにくらしいのは人のふるまいだ。急用があるのに長々とおしゃべるする客。ぎしぎし軋む車を乗り回す人。人の話の先回りをする出しゃばり。出入りする戸を閉めない人。すべて現代人にも共通している点がおかしくもおそろしい。

何でも人をうらやみ、自分のことは泣き言を言い、人の噂ばかりし、ささいなことも知りたがり、聞かせないと恨んで悪口を言い、わずかに聞きかじったことを、もとから知っているかのように言いふらす。

いるいる、そんな人、と思いながらも、ひそかに我が身を省みたくなるくだりだ。この見事なまでの筆の勢いは、ひとり清少納言だけの発想ではあるまい。「にくきもの」をあげつらって賛同する女房たちの声が聞こえてくるようだ。

人目を忍んで通って来る男を、知っているのにほえる犬。ひそかに迎え入れた恋人が、高いびきをかいたの。人の苦労も知らないで！　こっそり入って来なければならないのに、無造作に簾の音を立てるのもにくらしい。板戸を手荒く開けたてする男の気が知れない。目立つ長烏帽子をかぶって来るのも気がきかないけど、おまけに慌てて、ものに突き当たったりして、ぶちこわしだわ。

恋人どうしの場面にもにくきことは限りなくある。中でも許せないのは、前の恋人のことをしゃべり出してほめたりする男。ずいぶん前のことではあっても「なほにくし」。

昔も今も人の心に変わりはない。

扇――嗜《たしな》み示す小道具

暁に女のもとから帰ってゆく男の様子について理想と現実を描き分けている段がおもしろい。いわゆる「きぬぎぬの別れ」。そんな折は服装をきちんと整えたり、烏帽子の紐をしっかり結んだりしなくてもいいではないか。しどけなく着こなしが乱れていても、誰も笑ったり非難したりしないだろう。男は明け方の去りぎわが大切なのだ。

女にせきたてられて、ひどく大儀そうに別れ難くしているのがいい。女の耳元で夜の睦言の名残をささやきつつ、いつの間にか帯など結ぶ様子だ。戸口まで女を連れて行って、そこでも昼間逢えない間どんなに気がかりか、などと言いながらすべり出て行くのが、余情があって理想的。

しかし現実は、何か急に思い出したようにがばりと起き上がって、がさがさと音をたてて着物を身に着け、すべてきちんと几帳面に身支度し、「帯いとしたたかに結《ゆ》ひ果てて」

「烏帽子《えぼうし》の緒、きと強げに結《ゆ》ひ入れて」女の気持などおかまいなし。扇や畳紙など、昨夜枕上《まくらがみ》に置いたのが自然に散らばってしまったのを、暗がりの中で「どこだ、どこだ」と叩き回って探す。やっと見つかった扇を「ふたふたと使ひ、懐紙《ふところがみ》さし入れて」名残を惜しむ言葉もなく、「帰るよ」とだけ言うのが大方の男のようだ。

さしづめ現代ならばきちんとネクタイを結び、ベルトをきゅっと締め、上着のボタンをかけた上で、あれ、時計は、ケイタイは、と枕元を探し回る恋人といったところか。男の帰りぎわを実にこまかく観察し、幻滅している。

エアコンも扇風機もなかった時代、扇は夏の必需品であったばかりでなく、嗜みを示す重要な小道具でもあった。

「扇《あふぎ》の骨は朴《ほほ》。色は、赤き。紫。緑」

と記しただけの段もある。また、中宮定子の弟藤原隆家が、すばらしい扇の骨を手に入れたのだが、並大抵の紙ではふさわしくないので紙を探してから献上しよう、と勿体をつけて言ってきた時、清少納言が「それほど珍しいとは、海月《くらげ》の骨でしょう」と応じて褒められたエピソードも記されている。

暑し——五感で涼を感じ取る

「冬は、いみじう寒き、夏は、世に知らず暑き」

たった一行のこの段は、清少納言の性格を端的に表している。夏は徹底的に暑いのがいい、と言い切っているのだ。

とは言え、暑いのが好きだったわけではないらしい。中途半端なのが嫌だっただけで、暑苦しいのは嫌悪していた。「暑げなるもの」として「いみじう肥《こ》えたる人の、髪多かる」姿をあげている。また、真夏の加持祈祷《かじきとう》で、日中のお勤めをする阿闍梨《あざり》は、どんなにありがたい修法《ずほう》でも暑苦しそうだ。

京都盆地特有のうだるような暑さを、千年前の人々はどのようにやりすごしていたのだろう。「いみじう暑き昼中《ひるなか》に、いかなるわざをせむと、扇の風もぬるし、氷水《ひみず》に手をひたし、持《も》て騒ぐ」といった様子が記されている。氷は貴重品だったので、いつも手に入ったわけではないだろう。
そんな折、真赤な薄様の手紙が満開の唐撫子《からなでしこ》の茎に結びつけてもたらされた。何と心憎い色彩感覚だろう。これを書いた時の暑さや心ざしのほどが思いやられて、片時も手ばなせなかった扇を思わず置いて眺め入ってしまったことだ。

唐撫子とは石竹の花。その茎や細い葉は粉を吹いたように白く涼しげだ。花は紅も白もあるが、真赤な薄様の紙に映えるのは白だろう。そこにはひととき暑さを忘れさせる美しい文字が書かれていたにちがいない。

こんな段もある。「いみじう暑きころ、夕涼みといふほど」男車《おとこぐるま》が後《しり》の簾《すだれ》を上げて突っ走ってゆくのも涼しそうだ。まして琵琶や笛の音などが聞こえた車が行ってしまうのは残念だ。そんな時、牛の鞦《しりがい》（尻にかける紐）の香がするのもいいなと思うのは、我ながら「もの狂ほしけれ」。

また、闇夜に車の前を照らす松明《まつ》の煙が、車の内に漂ってくるのも「をかし」。

暑い時は暑いなりに視覚や触覚、聴覚、嗅覚に訴えてくるおもむきがあり、それを楽しむ心意気が伝わってくる。それは五感をもって涼を感じ取る美意識と言ってもいい。

削《けづ》り氷《ひ》――夏の最高の贅沢

「あてなるもの」とは優雅で上品なもの。「薄色に白襲《しろがさね》の汗衫《かざみ》」。薄紫色の内着に表裏ともまっ白な単衣の短い上衣。これは童女の初夏の装いだ。

「削《けづ》り氷《ひ》にあまづら入れて、新しき金《かな》まりに入れたる」。昔は鉋《かんな》で氷を削っていたという。今のかき氷である。それに甘茶蔓《あまちゃづる》から作った甘味料を入れて、新しい金属製のわんに入れてあるの。銀のおわんだろうか。見た目も味も手ざわりも、夏には最高の贅沢だ。「水晶《すいさう》の数珠《ずず》」も涼しげ。

「いみじううつくしきちごの、いちごなど食《く》ひたる」。現代では冬でも温室栽培の苺が食べられるが、野生のものは夏に熟す。薄着になった可愛い子供が苺をつまんでいる様子を上品と見る美意識は、子供好きならではのまなざしだ。

清少納言は十七歳の頃、橘則光との間に則長という一子を産んでいる。その子育て体験に根ざしているのが、「うつくしきもの」の段である。「うつくし」とは、かわいい、いとしいという意味で、今でいう「美し」よりはむしろ「慈《いつく》し」に近い言葉だ。

「瓜《うり》に描《か》きたるちごの顔」に続いて、はいはいして来た子が小さな塵を目ざとく見つけて、愛らしい指で拾って大人などに見せる可愛いさを描いている。おかっぱ頭の女の子が、目に髪がかかるのを掻きやりもせず一心に何か見ている姿。年少の殿上童《てんじょうわらわ》が着飾って歩く姿。愛くるしい赤ちゃんをちょっと抱いてあやしているうちに、胸にとりついて眠ってしまった様子。そんな幼い者たちの何気ないしぐさをいとしいと思う感性は母性そのものだ。

「なにもなにも、小さきものは、皆うつくし」

色白の太った赤ん坊が、紅と藍とで染めた薄物の長い着物に襷《たすき》がけして這い出て来たのも、また、短い着物でよちよちと歩きまわるのも「皆うつくし」。「八《や》つ、九《ここの》つ、十《とを》ばかりなどの男子《をのこご》の、声は幼げにて書読《ふみ》みたる、いとうつくし」。声変わりする前の声のよろしさ。男の子を育てた母親のいつくしみの情と幸福感が伝わってくる一節だ。

昼寝——暑く寝苦しい季節

暦の上では秋という頃、風が強く雨など騒がしい日は家の内も外もとても涼しいので、扇も忘れている。そんな一日、「汗の香《か》すこしかかへたる綿衣《わたぎぬ》の薄きをいとよくひき着て、昼寝《ひるね》したるこそ、をかしけれ」。

汗の名残の香が漂う薄い綿入れをしっかりかぶって昼寝する心地よさ。昼寝が夏の季語になっているのは、暑くて寝苦しい夜だけでは睡眠が足りず、昔から昼寝の習慣が根づいていたからだろう。台風の先がけのような風雨を耳にしながら、少ししのぎやすく覚える日の昼寝は幸せなものだ。

ところがこんな手厳しい段もある。

「色黒うにくげなる女の鬘《かづら》したると、髭《ひげ》がちに、かじけ、やせやせなる男と、夏、昼寝したるこそ、いと見ぐるしけれ」

昼寝の寝起きの顔は、身分の高い人なら少しは風情があるだろうが、つまらない顔は汗でてかてかして、瞼がはれて、悪くすると頬がゆがんだりするだろう。そんな寝起きの顔を明るい日中に見かわすなんて「生ける甲斐なさよ」とは大袈裟な！

どうやら「昼寝」には昼日中男女が同衾することも含まれていたらしい。「見苦しきもの」ばかりでなく、「すさまじきもの」にも昼寝がやり玉にあがっている。

もう大人になった子供たちがたくさんいて、どうかすると孫なども這いまわっているような年輩の両親が昼寝をしているのは興ざめだ、と言うのである。単に現代で言う昼寝をしているなら、どうということはないはずだが、次にこんなことを言っている。

「かたはらなる子どものここちにも、親の昼寝したるほどは、寄り所なく、すさまじうぞあるかし」

かたわらにいる子供とは、作者自身のことかもしれぬ。親が昼寝している間は近づくわけにもゆかず居場所がないみたいで、まったく興ざめであることよ、と、その思いをリアルに強調している。清少納言の父親清原元輔《もとすけ》は歌人としての名声高く、八十三歳という当時としては長命な人だったから、生命力も旺盛であったにちがいない。

七夕――名誉挽回

日本に新暦が取り入れられて百三十年以上経ったが、古来の行事は旧暦でなければ辻褄《つじつま》が合わない。その最たるものが七夕。陽暦の七月七日は梅雨の真っ只中で牽牛も織女も見えたものではない。立秋も過ぎ夜空が澄み渡る頃、天頂に流れる天の川を眺めて古人は悲しい定めの恋人たちを思い描いたのだ。

その七夕祭を明日に控えた夜のこと、宰相の中将斉信《ただのぶ》、宣方《のぶかた》の中将、道方《みちかた》の少納言などがやって来て、中宮定子の女房たちがお相手をしている。

「明日はどんな詩を吟詠なさいますか」と、いきなり清少納言が切り出した。即座に答えたのは斉信である。

「人間の四月をこそは」

この受け応えがなんと素晴らしいことかと、清少納言は一人感激したが、まわりの人々はきょとんとしている。それもそのはず、このやりとりには、こんないきさつがあったのだ。

四月の朔日《ついたち》ころ、やはり今宵のように殿上人たちが立ち寄って女房たちと話をしていたことがあった。一人減り二人減りしてゆくうち、最後は斉信と宣方ともう一人だけが残り、四方山《よもやま》話をしたり歌を歌ったりするうち、夜が明けてきた。もう帰ろうという時、斉信が「露は別れの涙なるべし」と吟詠した。これは七夕の二人が暁の別れを惜しむ詩である。すかさず少納言「気のはやい七夕ですこと」と応酬した。

斉信としては暁の別れということで頭に浮かんだ詩を吟じたのだが、たしかに季節違いだ。不用意だったと恥じ入る斉信。人には言わないで下さいよ、と笑いながら逃げ帰ったのだった。

その折のことをちゃんと覚えていて、四月に七夕の詩を詠ってしまったので、七夕には白氏文集の「人間の四月」を持ち出したのだ。その場に一緒にいた宣方はすっかり忘れていたのに、斉信は心にとめておいてくれた。

女は、これはと思う男とのやりとりを覚えているのに、男はすぐ忘れてしまう。さすが斉信さま、と、ますますファンになったことは言うまでもない。

朝顔——露より先に帰った人

恋人のもとにしのんで行った男は、夜が明けきらぬうちに帰るのがよしとされていた。後朝《きぬぎぬ》の別れを惜しみつつ帰った後は、すぐに恋文を使いに持たせるのが礼儀だった。

そんな後朝の別れ直後の女と男の姿を小説の一場面のごとく綴った段がある。立秋過ぎても暑い日が続き、どこもかしこも開け放ったまま夜を明かす頃のこと、恋人を帰したばかりの女が上衣を頭からひきかぶって眠っている。

その衣は薄紫色の、裏が濃くて表は少し褪《あ》せかけているのか、濃い紅のつややかな綾織り。下は香染《こうぞ》め（薄茶色）か黄生絹《きすずし》の単衣を来て、紅《くれない》の単衣袴の腰紐が長々と衣の下から引かれている。ということは、まだ解けたままらしい。端の方に黒髪が豊かにうねっている。

しどけなく艶っぽい姿がいとも客観的に描かれているが衣の色などあまりにも具体的

で、この女は自画像に違いない。そこへ朝霧の中から男が登場する。二藍《ふたあい》（赤味を帯びた藍）の指貫に、薄い香染めの狩衣《かりぎぬ》、白い生絹の単衣に下の紅色が透けて見えてつややかだ。おまけに朝霧に湿ってたいそうしどけない。寝乱れた鬢《びん》を烏帽子に押し入れたようなのは、恋人のもとからの帰りと見える。朝顔の露が落ちぬうちに文を書こうと自分の部屋へ急いでいるのだが、ふと見ると格子のあがっている部屋がある。

御簾の端をちょっと上げて覗くと、今しがた男を帰したばかりといった風情で女が横になっている。枕上に朴に紫の紙を張った扇が広げたままにあり、陸奥紙《みちのくにがみ》の懐紙の細やかなのが縹《はなだ》色か紅色か薄暗い中にほのかな色を見せて几帳のもとに散らばっている。

「こよなき名残《なごり》の御朝寝《あさい》かな」と、男がからかうと、「露より先に帰ってしまった人がにくらしいので」と女が応ずる。互いの恋人を思いつつ余韻を楽しむ男と女。そのうち明るくなって朝霧もはれてきた。女のもとへ露を宿した萩の枝につけた後朝の文が届く。丁字《ちょうじ》染めの紙に薫《た》きしめた香がとても素晴らしい。

帰って行った男は誰だろう。覗いた男は誰。

『枕草子』には、こんな恋する女の日記のような一文もひそんでいる。

野分《のわき》——荒れた草木の情趣

「野分《のわき》のまたの日こそ、いみじうあはれにをかしけれ」

『枕草子』は「をかし」の文学と言われるが、台風の翌日は「あはれ」の風情と「をかし」の情趣が入り交じって、なかなか見どころがある。

庭に目隠しとして立ててあった立蔀《たてじとみ》や、竹で組んだ透垣《すいがい》などが荒らされて、植え込みの草花なども「いと心苦しげなり」。大きな木が倒れ、枝など吹き折られたのが萩や女郎花など弱々しい花の上に伏しているのは「いと思はずなり」。

この惨状をいたいたしいと見ているばかりでなく、野分に荒らされた草木のありようにしみじみとした情趣を感じ取っているのは、古来日本の作庭が、自然の一部を切り取って、野山にあるがままを再現しているからだ。

格子の目のひとつひとつに、木の葉をことさらにしたように、こまごまと吹き入れてあるのは、あの荒々しい風のしわざとはとても思えない。このあたりは「をかし」の心躍りと言えよう。

これが西洋の庭であったら、人工的に塵ひとつなく自然を征服してシンメトリー（左右対称）に造作してあるところへ、石像が倒れかかったり大木の枝葉がばらまかれてしまっては、美が破壊されたことになる。日本では宮殿に住まう人々も、野分のあくる日のありように「ものあはれなるけしき」を見出していたのだ。

ここに二人の女性が描かれている。一人は濃い紅《くれない》の衣の艶の抜けたのに黄朽葉《きくちば》の織物、うすものなどの小袿《こうちき》を着て、まことに美しい人。夜は風で眠れなかったので寝坊したのだろう。庭を眺めて、

吹くからに秋の草木のしをるればむべ山風を嵐といふらむ

と古歌を口ずさんでいる。髪の乱れも素晴らしい。

もう一人は十七、八歳と見える少女。こちらは生絹《すずし》の単衣のほころびが見えるようなふだんの夜着姿だが、ちょうど身の丈ほどに伸びた髪がつややかで、末も尾花のようにふっさりしている。童女や若い女房たちが吹き折られた秋草を起こしているのを、簾を押しやって、うらやましそうに見入っている。

名月──月光に対する感受性

中秋の名月は陰暦の八月十五夜、新暦では九月半ばの満月。その頃は暑気も去り、空気が澄んできて、月の光がことさら美しい。

そんな中秋の名月も近い月の明るい夜、右近《うこん》の内侍《ないし》という女房に琵琶を弾かせて、中宮は端近くにいらっしゃる。誰彼が話したり笑ったりしているのに、清少納言は廂《ひさし》の間の柱に寄りかかってものも言わずに伺候していたところ、「どうして黙っているの。何かお話しなさい。さびしいわ」とおっしゃる。

「ただ秋の月の心を見ております」と申し上げると、中宮は「ふさわしい言葉だこと」とおっしゃった。日頃は話題の中心になる彼女がものも言わずにしんみり秋の月を眺めていたので、どうしたのかと思われたのだ。

月影は同じ光の秋の夜をわきて見ゆるは心なりけり

という古歌の心をふまえたものと見られる。月の光は一年中変わらないのに、秋の月が格別に見えるのは、しみじみものを思う人の心のせいなのだ。四季を通じて見ている月が、秋の季語に定着したのは、こうした古来の感性によるものなのだ。まして夜の明かりが乏しかった昔は、月光に対する感受性は現代人よりはるかに鋭敏だった。

「月のいと明《あか》きに、川を渡れば、牛の歩《あゆ》むままに、水晶《すいさう》などのわれたるやうに水の散りたるこそ、をかしけれ」

現代語訳の必要がない名文であり、名場面だ。一篇の詩を読むようだ。月光のもと、こなごなに割れた水晶のように硬い光を散らす水の破片が見えてくる。これも水澄む季節の秋の一景にちがいない。

今年の十五夜は果たして晴れるだろうか。名月を待ち望む人々は雲の彼方の月を「無月」と惜しみ、雨の十五夜を「雨月」と慕ってきた。雲間に見える月もまた情趣に満ちている。

「雲は白き。紫。黒きも、をかし」で始まる段の最後には、こう記されている。

「月のいと明《あか》き面《おもて》に、薄き雲、あはれなり」

さてどんな名月が見られることだろう。

月夜——月夜派か雨夜派か

「月の明《あか》きはしも、過ぎにし方《かた》、行末《ゆくすゑ》まで思ひ残さるることなく、心もあくがれ、めでたくあはれなること、たぐひなくおぼゆ」

月の明るい夜こそ、過ぎ去った日々やこののちのことまで残りなく思われて、心もうわの空になり、素晴らしく情緒たっぷりであることは、たぐいなく思われる。清少納言は月の明るい夜が好きだった。月を眺めてさまざまのことを思っていた。

「過ぎにしことの、憂《う》かりしも、うれしかりしも、をかしとおぼえしも」

たった今のことのように思われるのだ。

月は一年中見ることができるが、最も美しく見えるのは大気の澄む秋。暑くも寒くもなく存分に眺めていることができる。春の朧月のようにぼんやりしてもいないから、あたかも鏡のように人の心を映す。

「月」が秋の季語になったのは、古来人々が秋の月に思いを寄せて詩文を創り、歌を詠んできたからだ。

そんな月の明るい晩に訪ねて来た男なら、十日や二十日や一カ月ぶりであっても、無沙汰を許してしまう。それどころか一年ぶりであっても、七、八年たってから思い出して訪ねて来た場合でも嬉しい。相手をするわけにもいかない所であっても、人目を避けねばならぬ事情があっても、たとえ立ったままでも会うだろう。

月夜に自分を思い出してくれて会いに来てくれることを、最上の喜びとしている書きぶりだ。昔の恋人が七、八年ぶりに来たとしても、それが月のきれいな晩だったら、泊まらせてしまうだろうと言うのだから。

これは「大雨の夜に訪ねて来た男に感激しちゃった」と、同輩の女房が言ったのに対する反論なのである。気分がむしゃくしゃする雨の日に限って訪ねて来るなんて、全然ロマンティックではない。もともと不実な男が、わざわざひどい雨の中を訪ねることで女を喜ばせ、世間に評判を広めさせようという魂胆があるのだろう、と手厳しい。

相手が雨夜派か、月夜派か、通って来る男の思案のしどころである。

有明の月——夜明けの漢詩

「月は有明《ありあけ》の、東《ひむがし》の山際《ぎは》に細くて出づるほど、いとあはれなり」

月の明るい夜もいいが、十五夜の後だんだん欠けてきた細い月が、東の山の上に出るころがおもむき深い。夜がほのぼのと明けてくる頃、西空に残っているのを有明の月と呼ぶが、いずれにしても早起きをしないと見られない。

定子様が中宮職の部屋においでになった頃のことである。ある朝、有明の月を見ようと女房たちが霧のたちこめた庭に降りて散歩するもの音に、中宮もはやばやとお目覚めになってしまった。

そのうち夜がしらじらと明けてきた。「内裏の左衛門の陣まで行ってみましょうよ」と言うと、我も我もと女房たちがついて来た。すると殿上人たちが大勢で声を合わせて、

「池冷《すずし》くしては水三伏《さんぷく》の夏無し。松高くしては風一声の秋有り」

と口ずさみながらやって来た。しばらく話などすると、「有明の月を見ていらしたのですね」と、感心して、中には歌を詠む人もいる。

夜の明け方に季節に叶った漢詩を声を合わせて謡《うた》うなんて、昔の男たちは何と風雅なことだろう。彼らは宿直中か出勤途中か、あるいは退出した帰途であったか。池のほとりの松陰は水が冷やかで暑さを忘れるし、松の梢を吹く風は秋を知らせる。四季折々の愛唱詩のひとつだったに違いない。

有明の月は人を詩人にするのだろうか。別の段にこんな話も載っている。大路《おおじ》近くのある家に泊まった明け方のこと、「車に乗りたる人の、有明のをかしきに、簾《すだれ》上げて、『遊子《いうし》なほ残りの月に行《ゆ》く』といふ詩を、声よくて誦《ず》じたるも、をかし。馬にても、さやうの人の行《ゆ》くは、をかし」。

和漢朗詠集に収められた唐の賈島《かとう》の「暁賦」の一部、「遊子なほ残月《ざんげつ》に行く、函谷《かんこく》に鶏鳴く」という詩である。それを美声で吟じながら牛車が通り過ぎるなんて、素敵だ。馬上で吟じ行く人もあったらしい。

同じ路上の声でも、現代人のカーステレオの大音量や、夜更けの酔っぱらいの放歌とは、何たる違いであることか。

虫――草むらの声に秋を実感

「秋は、夕暮。夕日のさして、山の端《は》いと近うなりたるに、烏《からす》の、寝どころへ行《ゆ》くとて、三つ四つ二つなど、飛び急ぐさへ、あはれなり。まいて、雁《かり》などのつらねたるが、いと小さく見ゆるは、いとをかし」

冒頭の段のつづきを、声に出して読んでみると、秋の夕暮の空を飛びゆく鳥影とともに、もの淋しい秋の情緒が伝わってくる。塒《ねぐら》へ帰る鳥の影の数え方など心憎い描写だ。あとから続く二羽は、羽ばたきの数が少しせわしげ。まして北から渡って来た雁の列が高空に見える頃は、大気も澄みわたり夕風もひえびえとしてくる。

「日入り果てて、風の音《おと》、虫の音《ね》など、はた、言ふべきにあらず」

古来、日本人は風の音にいちはやく秋の訪れを感じ、草叢《むら》に鳴き出す虫の声に秋を確信してきた。昼間はどんなに暑さが残っていようと、虫が奏で始めるとしみじみ秋を実感する。虫は日照時間の変化に応じて鳴き始めるとのことだが、その音《ね》を聞くと、涼しい秋がすぐそこに来ているのを疑わない。虫の音によってもたらされる秋の情感は万人に共通のものだ。

「虫は、鈴虫。ひぐらし。蝶《てふ》。松虫。きりぎりす。はたおり。われから。ひをむし。螢《ほたる》」と列挙している中で、蝶と螢以外は皆秋の虫だ。夜通し鳴きつづける虫の声を、聞き分けるばかりでなく、さまざまに聞き做《な》して、思いを託してきた。

中でも「蓑虫《みのむし》、いとあはれなり」と、思いを寄せている。なんでもこの虫は鬼の子と信じられていたらしく、親に似て恐ろしい心があるだろうとおそれて、女親が粗末な蓑を着せて、「そのうち秋風が吹く頃になったら迎えに来ます。待てよ」と言い置いて逃げて行ったのも知らず、「風の音を聞き知りて、八月ばかりになれば、『ちちよ、ちちよ』と、はかなげに鳴く、いみじうあはれなり」。

あの、むくつけき蓑虫が、秋風に揺れてほのかに鳴いているのを聴き取って、こんな想像をめぐらせていたのである。

秋――月を賞した人は

半年前、中宮定子の父関白道隆は四十三歳で亡くなった。命日の十日には毎月法事が行われていたが、半周忌にあたる九月十日は、中宮のおられる職の御曹司《みぞうし》で供養をなさった。上達部《かんだちめ》や殿上人がたくさん参列したが、その日の僧の説教はすばらしく、ことにもののあわれを深く感じてなさそうな人々さえ、皆涙をこぼしていた。

法事が済んで酒の席となり、人々が詩を吟じたりする時になって、頭《とう》の中将斉信《ただのぶ》の君が、「月、秋と期して、身いづくか」という詩を吟詠なさったのが、ひときわすばらしかった。これは菅原文時の、

花は春ごとに匂ひて主は帰らず
南楼に月を翫《もてあそ》ぶ人、月秋と期して身いづくにか去る

という詩の一節。月は秋になれば照りわたるが、それを賞した人は去ってしまって帰らな

い。まさに折にかなった詩を、よくぞ思い出されたものだ。

中宮の御座所に人々をかき分けて参上すると、ちょうど中宮も立って来られて、「すばらしいわね。今日のために合わせて吟じたのね」とおっしゃる。私もそれを申し上げたくて参ったのです、と言うと、清少納言の斉信びいきをご存知の中宮は、「おまえはましてそう思うことでしょうね」。

頭の中将は会うごとに「どうしてもっと親しくなってくれないのだ。これほど長くつきあっているのに、深い仲にならずに終わるなんてないよ。仕事が変わって会えなくなったら、何を思い出のよすがとしたらいいのだろう」とおっしゃる。

「あなたと深い仲になるのは難しいことではありませんが、そういう仲になったら、おおっぴらにあなたを褒めることができなくなるではありませんか」とかわしている。

例の自慢話なのだが、あの素敵な斉信に口説かれても断った理由がふるっている。男でも女でも肉体関係を持った相手をひいきの引き倒しにするのは恰好《かっこう》悪いというのである。人が少しでも悪口を言うと腹を立てたりするのも情ない。一番好きな人とは精神的愛情で結ばれていたい。これが彼女の美意識だった。

露——中宮の寂寥感

晩秋のころ、一夜降り明かした雨が止んで、朝日が華やかに射した時、「前栽《せんざい》の露はこぼるばかり濡れかかりたるも、いとをかし」。

庭の草花の雨滴が朝日にきらめく光景を、こまやかに描いた段である。透垣《すいがい》の飾りや軒の上に張られた蜘蛛の巣が破れているのに雨がかかったのが「白き玉をつらぬきたるやうなるこそ、いみじうあはれに、をかしけれ」。蜘蛛の巣の雨滴を真珠の連なりに喩《たと》えて見とれている。

少し日が高くなると、萩などの重たげな枝が、露が落ちたはずみに、人の手が触れたわけでもないのにふと跳ね上がったのも「いみじうをかし」。

こんな特に珍しくもない光景など、他の人にはちっともおもしろくないだろうと思うのこそ「またをかしけれ」と、一人興じている。造化の神が見せてくれる自然界のささやかな美を、敏感に感じとって愛でることができるのは詩人だけだ。

雨の翌日の庭を誰もが目にしているが、蜘蛛の糸に連なる真珠や、萩叢のきらびやかな目覚めに気づいて「あはれ」とも「をかし」とも感じ入る人は少ない。

しかし、人は悲しみに出会う時、詩人になる。それまで気づかなかった自然界の「あはれ」に心が共鳴する。

関白道隆が亡くなった後、中宮は小二条殿という所で喪に服しておられた。そこへ右中将が訪ねて行ってみると、女房たちも朽葉の唐衣や紫苑や萩などの襲《かさね》の色を身につけて仕候しているが、お庭は草ぼうぼう。「どうして刈らないのですか」と尋ねたところ、「中宮様がわざわざ露を置かせてご覧になりたいとのことですので」と女房の答え。草が生い茂った庭の、露を眺める明け暮れは、なんと淋しいことだろう。

このご様子を、里下がりしていた清少納言は右中将から伝え聞いたのだった。道隆亡き後の世の中の動きと人々の思惑は、必ずしも居心地のいいものではなかったが、中宮の心のうちの寂寥の深さを察した清少納言は、再びおそばに仕える道を選んだのである。

草の花――秋の風情の代表

「草の花は撫子《なでしこ》、唐《から》のはさらなり、大和《やまと》のも、いとめでたし。女郎花《をみなへし》。桔梗《ききやう》。朝顔。刈《かる》萱《かや》。菊。壺《つぼ》すみれ」

花園に分け入って、好きな花を摘んでゆくような華やかな段だが、圧倒的に秋の花が多い。どれも前栽《せんざい》に植えられて、人々の目を楽しませたものだろう。

龍胆《りんどう》は枝の方はむさくるしいが、他の花がみな霜で枯れた中に、とても華やかな色あいで咲いているのは風情がある。かまつかの花は、名前がよくないが可憐だ。「雁来紅」と漢字で書く。雁の来る頃、紅くなる葉鶏頭の花のことだ。

「萩《はぎ》、いと色深う、枝たをやかに咲きたるが、朝露に濡れてなよなよとひろごり伏したる」そんな風情がいい。さ牡鹿が特に好んで立ち寄りなじむとされているのも格別だ。

　さを鹿の立ちならす野の秋萩における白露我も消ぬべし

という貫之の歌も思い出される。

夕顔の花は朝顔に似て姿も名前も風情があるのに、あの大きな実が残念だ。干瓢《かんぴょう》を作るひさごと夕顔の花のイメージは、どうも合わない。「しもつけの花。蘆《あし》の花」と名をあげてきて、これに薄《すすき》を入れないのはおかしいと、人は言うだろう。そう、「秋の野のおしなべたるをかしさは、薄こそあれ」と強調している。

たしかに、現代でも野に薄の穂がなびき始めるのを目をすると、秋の到来を人々は実感する。穂先の蘇枋《すおう》色を帯びたのが、朝霧に濡れてなびいているおもむきは、ほかにこれほどのものがあるだろうか。穂に出たばかりの赤らんだ花穂を、最上級のほめ言葉で讃えている。

ところが、秋も末になって、色々咲き乱れた花があとかたもなく散った後も、冬の末まで枯薄となって残っているのは、みっともない。頭が白くぼさぼさになってしまったのも知らず、昔を思い出しているような顔で風にふらふら揺れて立っているのは、人間によく似ている。

ここでは普通名詞として使われている「草の花」が、今は秋の季語となっているのも興味深い。

萩——根刮《ねこそ》ぎ盗まれる悔しさ

「ねたきもの」——しゃくなもの。歌を書いて使いの者に持たせたあとで、文字のひとつふたつ直したくなった時。昔も今も変わらない。封をしてから、あそこはこう書けばよかったと思い直すことがある。まして推敲した挙句の作品の一字を投函してから直したくなる時は口惜しい。

急ぎのものを縫うのにうまく縫ったと思ったのに、針を引き抜いたら糸を結んでなかった。ああ残念! また裏返しに縫ったものもくやしい。

南の院に中宮が滞在していらしたころ、「急ぎのお召し物だから皆で縫ってさし上げよ」とおおせがあった。手分けして競って片身ずつ縫ったところ、命婦《みょうぶ》の乳母《めのと》が一番速く縫い終わって置いた。ところがそれは裏返しで、背中を合わせてみると食い違っている。皆大笑いして、「早くこれを縫い直せ」と言う。

「誰が縫い直すもんですか。綾《あや》織りの模様があるものなら裏表になってはおかしいけど、これは無文《むもん》の着物なのだから、直すことはないわ。直すならまだ縫ってない人にやらせてよ」と言い張る。仕方ないので源少納言《げんしようなごん》、中納言の君《きみ》などがめんどくさそうに取り寄せて縫ったのを見ていて、おかしかった。

あわててすることに間違いが多いのも、現代人とちっとも変わったところはない。この段に、さらに興味深い事例がのっている。

「おもしろき萩《はぎ》、薄《すすき》などを植ゑて見るほどに、長櫃持《ながひつも》たる者、鋤《すき》など引き下げて、ただ掘りに掘りて去《い》ぬるこそ、わびしうねたけれ」

なんと大きな箱をかついで鋤をひっさげて来て、美しく咲いた萩や芒《すすき》の植えこみを、根刮ぎ盗んで行く者があったというのだ。

家に男などがいる時はそんなことはさせないが、女ばかりだと高をくくって、厳しく制しても、「ただすこし」などと言って持って行ってしまうのは「言ふかひなく、ねたし」。手をかけて育てて、ちょうど見頃になったものを、目の前であれよあれよという間に持って行かれるなんて、地団駄踏んでくやしがったことだろう。

黄落《こうらく》——滅びの美

「颪は　嵐」と、先ずあげているのが、そよ風のように微温的なものでない点、いかにも清少納言らしい。「暁に、格子《かうし》、妻戸《つまど》をおしあけたれば、嵐のさと顔にしみたるこそ、いみじくをかしけれ」と顔を打つ雨颪にさえ興じている。

「九月のつごもり、十月のころ、空うち曇りて、颪のいと騒がしく吹きて、黄《き》なる葉どものほろほろとこぼれ落つる、いとあはれなり」

陰暦の九月末から十月にかけては晩秋の頃である。黄に染まった木の葉がはらはらと散ることを表した季語に「黄落《こうらく》」がある。「落葉」よりも明るい外光的な言葉だ。

「桜の葉、椋《むく》の葉こそ、いととくは落つれ」と、木々の落葉の遅速を実によく観察している。

「十月ばかりに、木立多かる所の庭は、いとめでたし」。それは木の葉の雨が日々に注ぐからだ。散った木の葉が一面に敷いてあるのも、この季節ならではの情景だ。風に舞う落葉に一日中見入っていたことだろう。

「をかし」が圧倒的に多い『枕草子』の中にも、「あはれなるもの」を列挙した段がある。そこには「男も女も、若くきよげなるが、いと黒き衣《きぬ》着たるこそ、あはれなれ」とあって、重大な喪に服して黒い衣を着ている若い男女の姿に、しみじみとした哀感をそそられたものらしい。

さらに、「九月つごもり、十月朔日《ついたち》のほどに、ただあるかなきかに聞きつけたるきりぎりすの声」を挙げている。すでに盛りを過ぎた虫の鳴き声を「残る虫」「すがれ虫」と呼んで、絶えだえなる音に耳を傾ける私たちの感性は、古人から受けつがれたものなのだ。虫の音も盛りの時だけが心惹かれるというわけではない。

「秋深き庭の浅茅《あさぢ》に、露の色々、玉のやうにて置きたる」。それもまた、「あはれなるもの」のひとつだ。「浅茅」とは荒れ果てた草々を意味するので、きれいに花咲いた庭が衰えたあとまで目を止めている。末枯《うらが》れの始まったような庭に、露が玉のように光る風情も捨てがたい。晩秋の庭は滅びの美に満ちていると言えよう。

冬は——底冷えの京の朝

「冬は、つとめて」

冒頭の四季の風情のきわみを、一日のうちの時間帯で表した最後の一節である。

「つとめて」は早朝のこと。底冷えのする京の冬の、しかも朝早い時間はさぞつらかっただろうに、身も心もひきしまる一日の始まりの時を、最も愛したのである。

「雪の降りたるは、言ふべきにもあらず、霜のいと白きも、またさらでも、いと寒きに、火などを急ぎおこして、炭持《も》てわたるも、いとつきづきし」

タイマーで暖房が入るような時代ではないから、雪の朝や霜の降りた日など、手足がかじかんで宮仕えも楽じゃないと愚痴のひとつも出そうだが、そんな朝に火を急いでおこして、真っ赤になった炭を持って廊下を渡ってゆくのも冬の早朝の景としてふさわしい、と讃えている。

廊下と言ったって、現代のような屋内ばかりではない。渡殿《わたどの》と言う、御殿と御殿を結ぶ渡り廊下は壁がない。庭を白く染めた霜や雪が朝日に解けないうちに、中宮の寝所へ炭を運んだのであろう。「つきづきし」には、働く女性である女房としての生き甲斐さえ読み取れる。寒気を楽しむ心の張りと若さがなければ書けない文章だ。

この時代の大切な暖房器具であった「火桶」は、桐の木などをくり抜いて作った丸型の火鉢。「火桶は赤色。青色。白きに作り絵もよし」と記された段もあるところから察するに、赤や青で塗られたものや、墨絵に彩色したものなどもあったらしい。中宮が細い手指をかざしたのは、どんな火桶だったのだろう。

もう少し大がかりなものに「炭櫃《すびつ》」があった。いろりや炉、または部屋に据えた角火鉢などで、火桶が個人的な手あぶりであったのに対し、何人かが囲んで暖をとることができた。

早朝の寒気の中で美しくおこっていた炭火も、「昼になりて、ぬるくゆるびもていけば、炭櫃《すびつ》、火桶《ひおけ》の火も白き灰がちになりて、わろし」

冒頭の締めくくりの一文にも、清少納言の緊張感ある美意識が如実に語られている。

炭火——美しく清らかに使う喜び

見事にしつらえた所にあかりは灯さず、炭櫃《すびつ》などにたくさんおこした火の光だけが照りみちているのに、御帳台《みちょうだい》の紐などがつややかに見えているのは「いとめでたし」。「心にくきもの」の一節である。御簾の帽額《もこう》という飾りの布や、総角《あげまき》結びの緒、巻き上げた時に掛けておく鉤《こ》という金具などが、炭火明かりだけできわやかに見える情景を、奥ゆかしいと思うのはこまやかな感受性だ。

立派に新調した火桶の、灰の際《きわ》をきれいにならしておこした火に、内側に描いた絵などが見えるものは「いとをかし」。火箸がきわやかにつやめいて筋かいに立ててあるのも「いとをかし」。大切な暖房器具であった火桶の美しいものを、清らかに使うことを喜びとしていた。

夜が更けて中宮もおやすみになり、他の女房たちも皆寝しずまった頃、火箸をそっと灰に立てる音を、まだ起きていたのだなと聞くのも「いとをかし」。
何と静かな、何と聡《さと》い耳だろう。真夜中に自分の他にまだ起きてもの思う人がいたのを知るだけで、心にくいと感じる。清少納言が、一人静かにものを書く女性であった一面を垣間見る思いがする。

「なほ、い寝《ね》ぬ人は、心にくし」と、夜眠らない人を「心にくきもの」の最たるものとしてあげている。

方違《かたたが》えをして夜深く戻った折など、寒くて寒くて頤《おとがい》が落ちそうな時、火桶を引き寄せたら、火の大きくて黒い所がない見事な炭火を、灰の中から掘りおこしたのは「いみじうをかしけれ」。

しかし話に夢中になって火の消えそうなのも知らずにいたら、他の人が来て炭を入れておこすのなんかはとてもにくらしい。火の継ぎ方も炭をまわりに置いて中に火を囲ったのはいい。皆ほかに搔きやって、炭を重ねて置いた上に火を乗せるのは、不愉快だ。と、炭のつぎ方もなかなかうるさい。

もっとにくらしいのは火桶や炭櫃に手を何度もさすり合わせてあぶる人。年寄が火鉢のふちに足までのっけてしゃべりながらこすり合わせるのなんか、言語道断！

垂氷《たるひ》——月光と雪と氷の世界

年の終わりにあたって一年間の罪をつぐない、仏の加護を願う法会《ほうえ》が宮中で三日間にわたって行われていた。

「お仏名《ぶつみよう》」と呼ばれるこの行事は、過去・現在・未来の三世の一万三千の仏名を僧に唱えさせるもので、初夜《しよや》、半夜《はんや》、後夜《こうや》の三つの時間帯に分けられていた。

ある年の十二月二十四日、中宮のお仏名の半夜の導師を聴聞して退出したのは、夜中を過ぎたころだった。数日降りつづいた雪がやんで、風がひどく吹いたので家々の軒には垂《たる》氷《ひ》（つらら）がたくさん垂れている。

「あやしき賤《しづ》の屋も雪に皆面《おも》隠しして、有明の月のくまなきに、いみじうをかし」

月光のもとの雪と氷の世界である。屋根は「銀《しろがね》などを葺《ふ》きたるやう」。そこに「水晶《すいさう》の滝」とでも言いたいようなつららが趣向をこらして掛けわたしたように見える。

簾を高く上げた車の奥まで月光がさし込み、薄紫、白、紅梅などの色を七、八枚重ね着した上に、濃紫の表着のあざやかな艶が映えて美しい。これは女の装束だ。そのかたわらに、葡萄《えび》染めの固紋の指貫に、白や山吹色やくれないの衣などの裾を車からあふれるようにして同乗している男。純白の直衣がはだけて、下の衣がこぼれ出ているのは襟の紐を解いているからだ。指貫の片足を車の軾《とじきみ》という枠に踏み出した姿は、もし誰かと行き会ったら素敵と見るにちがいない。だが、こんな時間に道に人影はない。

月光の明るさが恥ずかしいので女が後ろに滑り入るのを、男は常に引き寄せ、あらわにされて当惑するのも一興。

凜々《りんりん》として氷鋪《こほりし》けり

という漢詩をくり返し吟じていらっしゃるのはとても素晴らしくて、一晩中こうして車を乗り回していたいのに、行くべき所が近くなるのも残念だ。

忘れ難い年末の一景をスケッチ風に描いた一文だが、女は清少納言自身だろう。では男は誰だろう。氷の世界にふさわしい詩の一節を「返す返す誦《ず》しておはする」という敬語表現が、その人を表すヒントとなっている。想像をめぐらすのは読み手の自由だ。

雪明り——夕暮より明暮《あけぐれ》まで

朝のうちはそれほどでもなかった空が暗く曇って、「雪のかきくらし降るに」「なほいみじう降るに」随身《ずいじん》（お供の者）らしい細身の男が笠をさして来て文をさし入れたのは「をかしけれ」。

雪をもあざむく真白な紙を結び文にした封じ目の墨が、凍ってしまっている。細く巻いて結んであった文のこまごまとした乱れ書きを、くり返し時をかけて読んでいる姿は、はたから見ているのも「をかしけれ」。

雪に降りこめられて退屈している時、同僚の女房に結び文が届けられたのだろう。結んであるのは恋文に決まっている。読みながら思わずほほ笑んだりしている。何が書かれているのかしら、と、心が誘われる。

額髪が長くきれいな人が、暮れてから文を受け取って、火を灯す間も待ち遠しそうに、

「火桶の火をはさみ上げて、たどたどしげに見ゐたるこそ、をかしけれ」。
雪の日が好きだった清少納言の、こんなことにも「をかしけれ」を連発している心の動きが興味深い。女房たちの、何でもない日常の何でもないひとこまを写し取っている点がいい。時にはそれが彼女自身の行為でもあったことだろう。
「雪のいと高う降り積りたる夕暮」の、こんなエピソードもある。気の合う同僚たちと二、三人で火桶を囲んで四方山話をしているうち、暗くなったが、火も灯さず雪明りの中で、火箸で灰など掻きつつ「あはれなる」ことや「をかしき」ことなど語り合っていた。宵も過ぎたかと思う頃、雪を踏んで来る沓の音が近くなった。見ると、こんな風情のある時に前ぶれもなく来る人であった。その挨拶にも、
山里は雪降り積みて道もなし今日来む人をあはれとは見む
という歌をふまえたことを言う。特別な仲ではないので、縁先に円座だけを出したが、浅く腰かけて片方の足は地に下したまま。明け方の鐘が聞こえる頃まで、女房たちと語り合っていたというのである。風雅な人は寒がったりしないのだ。
まだ明けやらぬ時刻に「雪、なにの山に満てり」と吟詠しながら去りゆく男を、女だけだったらこんなに長いこと語りあかすなんてできなかったわね。風流な男はちがうわね、

などと、讃え合った。それにしても雪明りの縁先の徹夜とは、風流も楽ではない。

この男が誰なのかは明かされていないが、縁先に半身に腰かけるポーズは、あの憧れの君斉信様と同じ姿だ。去りぎわに、

暁、梁王の苑に入れば、雪群山に満てり
夜、庚公《いこう》が楼に登れば、月千里に明らかなり

と、和漢朗詠集の一節を口ずさんだりするところも、限りなく斉信に似ている。

清少納言をめぐる男性たちの中で、『枕草子』に最も多く登場して讃えられているのは、藤原斉信だが、この段に立ち寄った男には敬語が用いられていない。次に風流人として記されているのは、個性的な藤原行成。彼に対しても他の段では敬語が使われている。

清少納言と短期間の婚姻関係であったという説もある藤原実方も、人に劣らぬ風雅の人であった。歌が原因で行成と口論し、相手の烏帽子を庭にうち捨てた罪で、陸奥に左遷された貴公子である。帝から言い渡された任務が「歌枕見て参れ」というのだから、まさに身をもって風騒を任じた人と言えよう。行成と争ったのも、実は清少納言との三角関係に発していると穿った見方をする向きもある。この実方の行為の描写には敬語は見られない。それほど親しい仲だったということか。

清少納言は十代にして橘則光と結婚し、息子則長を産んでいる。その仲は十年足らずで解消されたものらしく、その後藤原棟世と夫婦関係があり一女を設けたと言われている。ともあれ、この程度の風流人は彼女のまわりに何人もいたのだろう。そのうちのある人と、ある雪の夜、こんな時を過ごしたことが忘れ難い思い出として心に残っている。特別な仲でも、特別な事が起きたわけでもないのに、雪の夜明けまでの情緒が人生の記憶にとどめられている。これこそ風雅の極地と言えよう。

火桶——ういういしかった頃

清少納言が初めて中宮定子にお仕えしたのは冬のことだった。何もかも不慣れで心細く、涙も落ちそうになるので、お前に参上しても几帳の後ろに縮こまっていた。中宮は絵などを見せて下さって「この絵はこうよ、それはあれかしら」などとおっしゃるが、恥ずかしくて手も口も出せない。袖口からさし出された中宮の指先が、つやつやとした薄紅梅色であるのが素晴らしくて、こんな方が現実にいらっしゃるのだとつくづく見つめてしまった。

彼女のその後の活躍ぶりを聞かされている私たちには、俄かに信じがたいことだが、始めのうちはひきこもりがちであったらしい。古参の女房から、こんなにすぐおそばに伺候を許されるなんてめったにないことなのだから、そんなひっこみ思案は見苦しいですよ、と急《せ》かされてやっと参上したという。

中宮は舶来《はくらい》の沈《じん》の火桶にあたっておいでだ。先輩の女房たちがまわりでのびのびふるまっている。いつになったらあんな風に平気でしゃべったり笑ったりできるようになるのかと羨しい。

そこへ訪ねて来たのが中宮の兄君の大納言伊周《これちか》。直衣《のうし》、指貫《さしぬき》の紫の色が雪に映えてとても美しい。「この雪の中、いかがお過ごしかと気がかりで」というお二人の応酬もまるで物語の主人公たちのように気がきいていて素晴らしい。

目ざとく新参者に目を止めた伊周が、こちらに来て話しかけてくるではないか。もう、すっかりあがってしまって冬なのに汗がじっとり。顔を隠していた扇まで取り上げられて、この絵は誰が描かせたのか、と、すぐに返して下さらない。仕方がないので袖を押しあてうつ伏していたけれど、唐衣《からぎぬ》にお白粉《しろい》がついて顔がまだらになっていただろうよ。ああ恥ずかしい！

中宮が気をきかせて兄君を呼ぶと、「人をつかまえて立たせないのですよ」と、冗談を言う伊周は、この頃二十歳。中宮定子は十八歳。清少納言はそろそろ三十歳近いはず。それなのに、何ともはやういういしい。

おわりに――「第一の人」

ある日のこと、中宮のお身内の方々や君達《きんだち》、殿上人などが多勢いらして、定子様をとり囲んでおいでだった。少しはなれたところで同輩の女房たちと物語などしていた清少納言のもとへ、何か投げてよこされた。

あけてみると「思ふべしや、いなや、人、第一ならずは、いかに」と書かれてある。寵愛しようか否か。第一番でなければいかが、との中宮の問いかけだ。常々同輩たちに「人に思われるなら一番でなければ甲斐がない。憎まれたり冷淡にされたほうがましよ。二番目、三番目など死んでもいや」と言い放っているのを、ご存知なのだ。

「九品《くほん》蓮台のあひだには下品《げぼん》といふとも」

と返事申し上げた。和漢朗詠集の、

十方仏土の中には西方を以て望みとす

九品蓮台の間には下品といふとも足んぬべし

という言葉を借りて、尊い中宮に思われるのなら、最下位でも満足です、とへりくだったのだ。

「えらく弱気ね。いけませんよ。言い切ったことは貫くべきよ」

「それは、相手によります」

「それがいけないのよ。第一の人に一番に思われようとこそ思うべきよ」

このやりとりのうちに、誇り高い一流の主従の心意気が見えるようだ。

「第一の人に、また一に思はれむとこそ、思はめ、と、おほせらる、いとをかし」

と、清少納言は会心の笑を隠さない。

これほどまでに己惚れが強く、最高の教養を身につけ、当代の貴公子たちと同等に渡り合うほど機知に富んでいた彼女が、「第一に思われたい」と切望し、憧れ、尊敬した中宮定子とは、いったいどんな女性だったのだろう。

時の最高権力者関白藤原道隆の娘定子が、一条天皇のもとに入内したのは十五歳の正月。帝はまだ十一歳だった。その数年後、才女のほまれ高い清少納言が女房として宮仕えを始めた。定子より十歳ほど年長だったと思われる。中宮を中心にする文化サロンの充実は、帝の寵愛を独占するためにも大いに効果を上げたにちがいない。聡明でチャーミングな女主人のまわりには、当代の貴公子たちが競って集い、晴れやかな笑顔と陽気な笑い声が絶えなかった。

ところが定子二十歳の春、父道隆が急死。運命は暗転する。兄の伊周、隆家は左遷、母の貴子は死去。里下りをしていた二条宮の焼失。ライバル達の入内。これらのことが相次いで起こったのである。唯一の救いは、帝との間に第一皇女脩子を出産したことと言えようか。

やがて二人の兄は都に召喚され、定子は第一皇子敦康を産むが、すでに世の中は藤原道長の時代となっていた。道長の娘彰子が一条天皇の後宮に入り、中宮の座を奪われた定子は皇后となる。一人の帝に中宮と皇后が並び立つとは前代未聞のことだった。父道隆を失った定子と、今を時めく道長を後見とする彰子。その勢いの差は誰の目にも明らかだ。

藤原道長と言えば、

この世をば我が世とぞ思ふ望月の欠けたることもなしと思へば

と詠い放った、権勢の極みに至った人物であり、彰子を中心とするサロンには、かの紫式部を擁していた。定子のストレスは察するに余りある。

唯一の頼みは帝の愛情であったはずだ。数々のライバルの出現にもかかわらず、帝の寵愛が篤かった証《あかし》のように、定子は三人目の子媄子を産む。しかし、その翌日、二十五歳の生涯を閉じたのだった。長保二年（一〇〇〇年）十二月十六日のことだった。

『枕草子』の記述はこの直前で終わっている。中宮定子を第一の人とあがめ、自分もまた第一に信頼される存在と自認していた清少納言は、この十年間のほとんどを見聞きしていたはずだ。中宮の一生は光り輝く時ばかりではなかった。天皇の外戚となって権勢を我がものにしようと図る男たちの時代の流れに揉まれ、闇も不幸も知り、子どもたちの成長を見ることも叶わず、はかなく散っていった命だった。

しかし、『枕草子』にはその陰や闇の部分は記されていない。歴史書が伝える洪水も疫病も乱闘も呪詛も殺害も、何ひとつ書き残してはいない。それは彼女と無縁のことだったわけではなく、そうした現実を見尽くしていたからこそ、この草子に書くことを選び抜いたのだ。

そこに私は清少納言の美意識を見る思いがする。史実を記録する歴史書でなく、人の運命と心のありようを描く小説でもなく、幸せだった頃を回想したり、恨みつらみを綴る日記でもなく、随筆という分野を確立した聡明を見る思いがする。小気味よい短文、粋を集めた列挙、四季のおもむき、日常の宝、宮廷生活の光の部分。

彼女自身の人生もまた、ここに記した十年の歳月に凝縮されているのだ。最も充実した生き甲斐のある歳月は、中宮定子の崩御とともに去った。その後の人生に書くべきことなどなかったのだ。何という潔さであることか。


幸福だった日々のある日、中宮に兄の伊周がまっ新な草子をさし上げなさった。当時の紙は貴重品だ。

「これに、何を書こうかしら。帝には史記という書物をお書きになった」

と中宮がおっしゃる。

「枕にこそははべらめ」

と申し上げると、

「それなら、おまえにあげましょう」

と、中宮が下さった大切な草子だ、と、あとがきにある。

「つれづれなる里居《さとゐ》のほどに書き集めたる」とも記している。古人は枕を単なる寝具と思わず、魂の安置場所と捉えていた。

中宮亡きあと、里下りした歳月に、心に甦るのは輝やかしい日々、心ゆく会話、楽しいエピソードばかり。それを書き記してこそ、中宮の魂は救われよう。

本文中の引用文は『新版　枕草子（上・下巻）』（角川ソフィア文庫）によった。

西村 和子（にしむら・かずこ）
昭和23年 横浜生まれ。
昭和41年「慶大俳句」に入会、清崎敏郎に師事。
昭和45年 慶応義塾大学文学部国文科卒業。
平成 8年 行方克巳と「知音」創刊、代表。
句集『夏帽子』（俳人協会新人賞）『窓』『かりそめならず』『心音』（俳人協会賞）『鎮魂』『椅子ひとつ』（小野市詩歌文学賞・俳句四季大賞）。
著作『虚子の京都』（俳人協会評論賞）『添削で俳句入門』『季語で読む源氏物語』『季語で読む徒然草』『俳句のすすめ 若き母たちへ』『気がつけば俳句』『NHK俳句 子どもを詠う』『自句自解ベスト100西村和子』ほか。
毎日俳壇選者。俳人協会理事。

季語で読む枕草子《まくらのそうし》

2013年4月25日 第1刷発行
2016年9月25日 第2刷発行

著　者　西村和子
発行者　飯塚行男
編　集　星野慶子スタジオ
印刷・製本　シナノパブリッシングプレス

株式会社 飯塚書店
〒112-0002 東京都文京区小石川5-16-4
TEL03-3815-3805 FAX03-3815-3810
http://izbooks.co.jp
郵便振替00130-6-13014

ISBN978-4-7522-2067-1